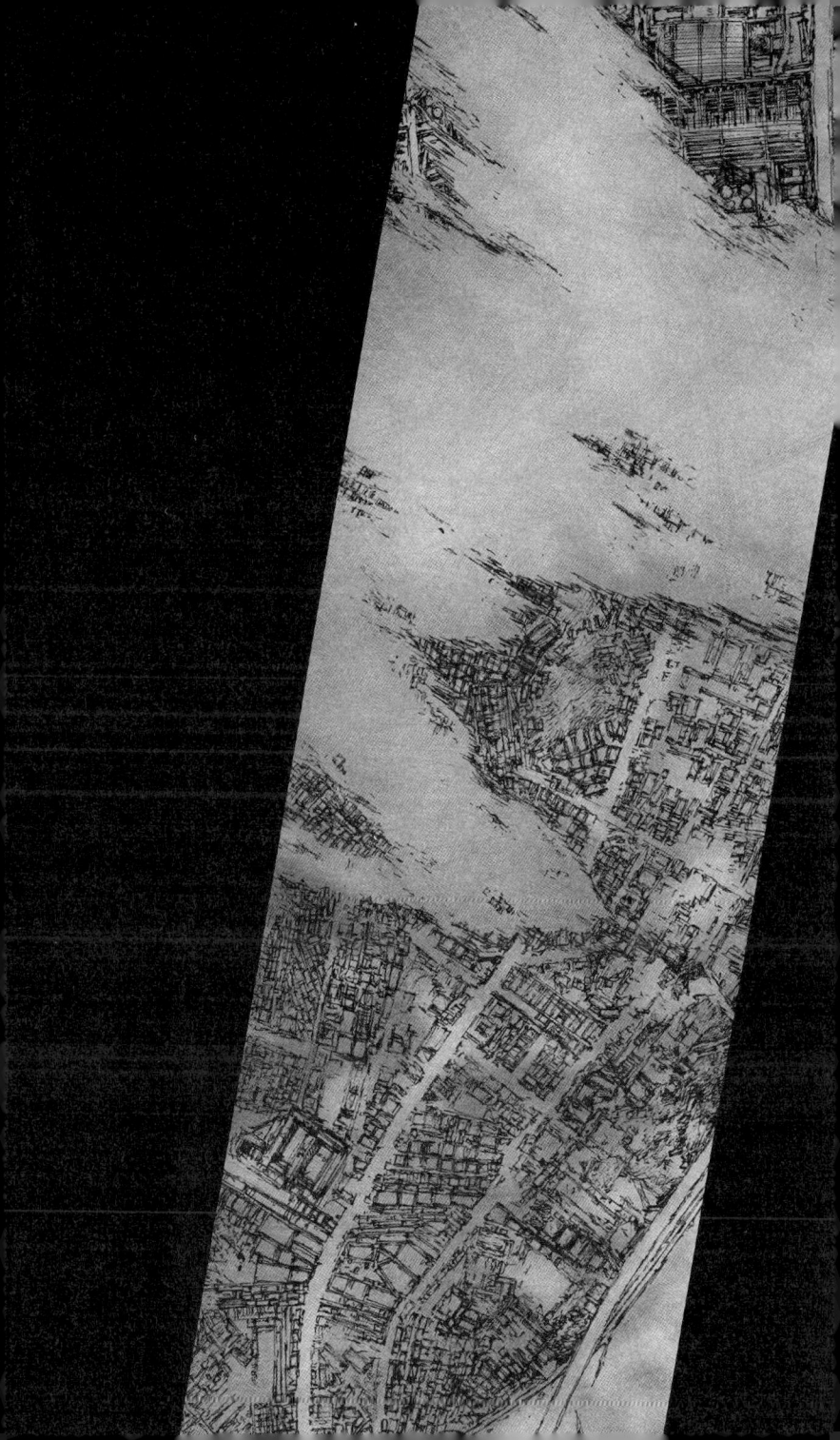

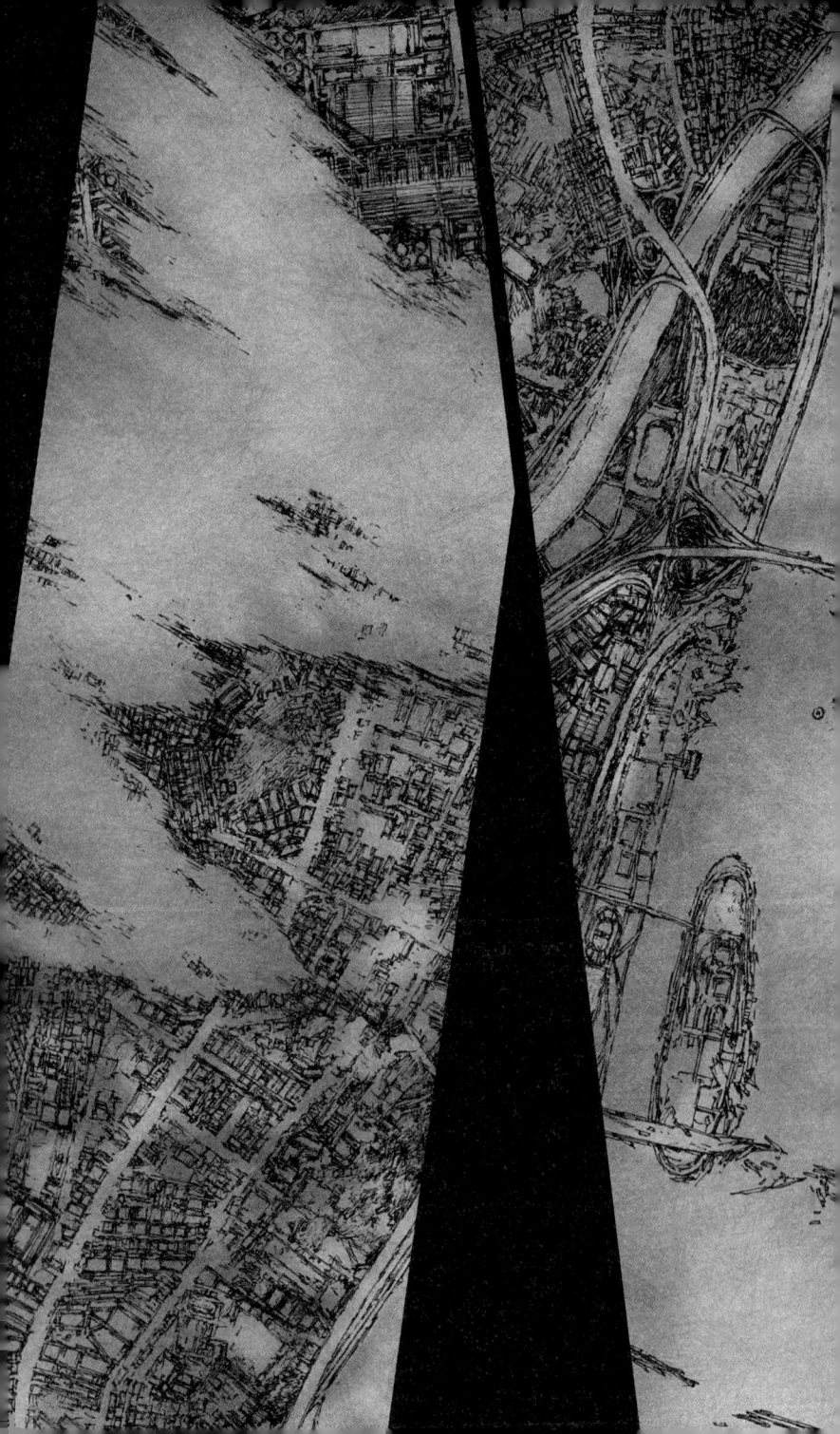

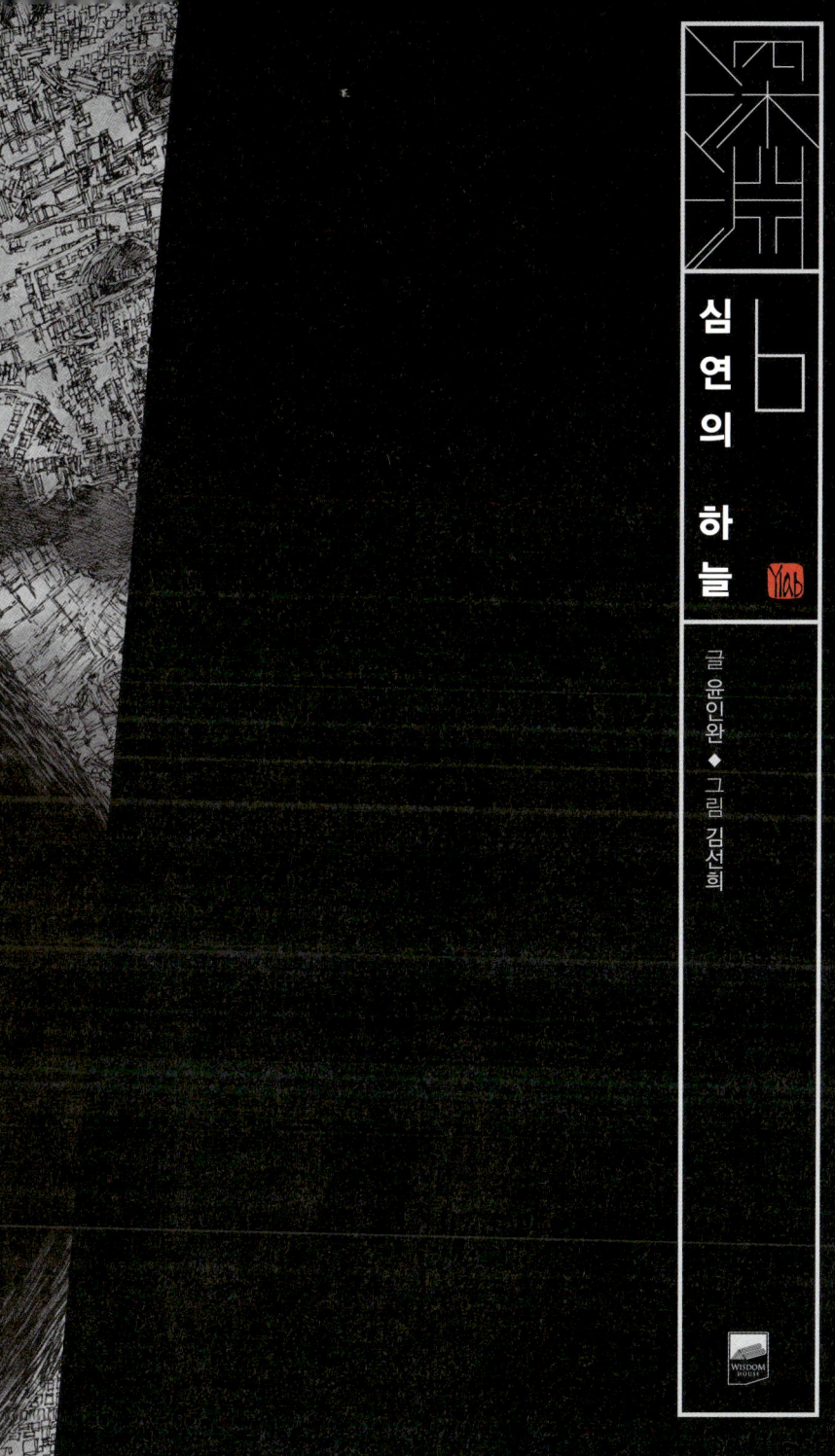

심연의 하늘

글 윤인완 ◆ 그림 김선희

WISDOM HOUSE

Contents

Prologue

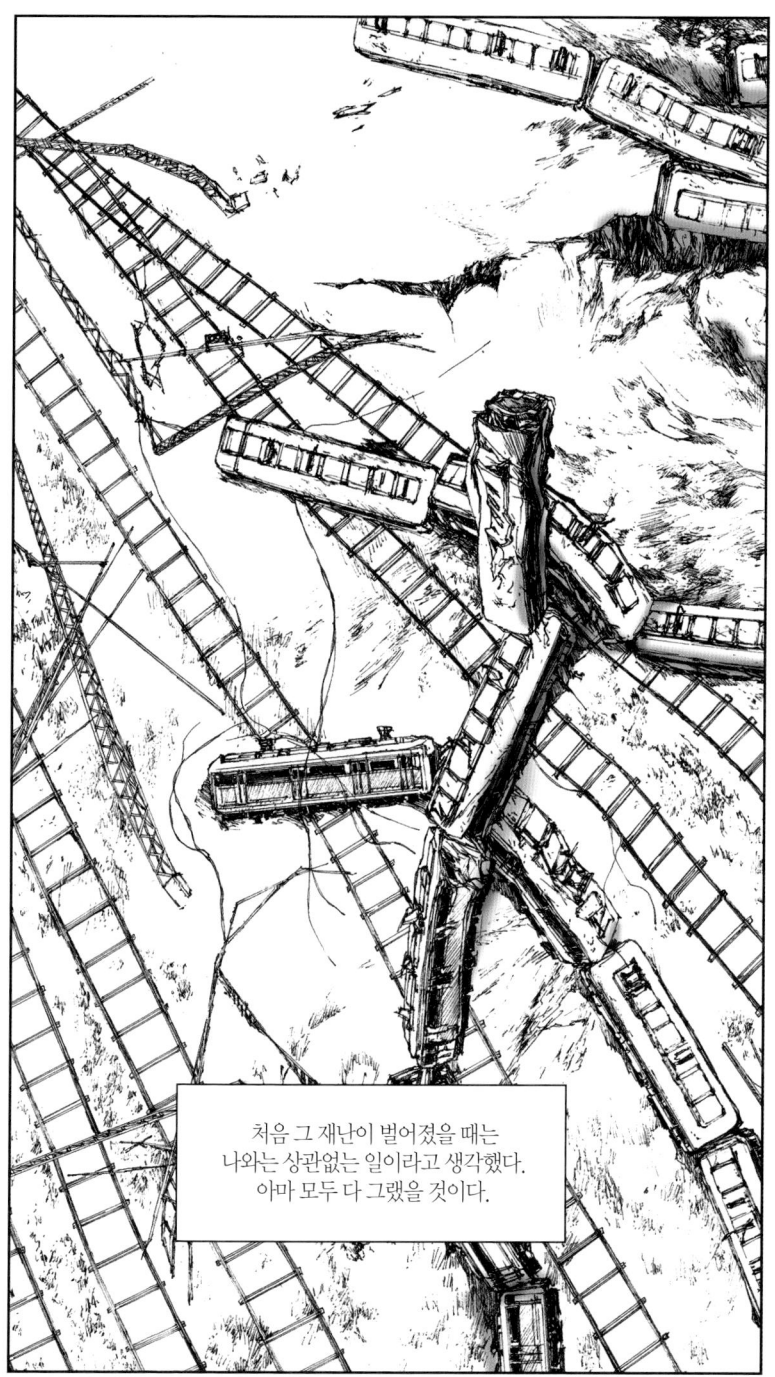

처음 그 재난이 벌어졌을 때는
나와는 상관없는 일이라고 생각했다.
아마 모두 다 그랬을 것이다.

우리가 믿고 있던
그들은 너무도 무능했다.
원칙과 책임이라는 말은

뒤섞여 버린 시체들처럼
갈수록 뭐가 뭔지
모르게 되었다.

재난은 더욱 커져갔고
나에게 덮쳤을 때는…

아무도 지켜주는
이가 없었다.

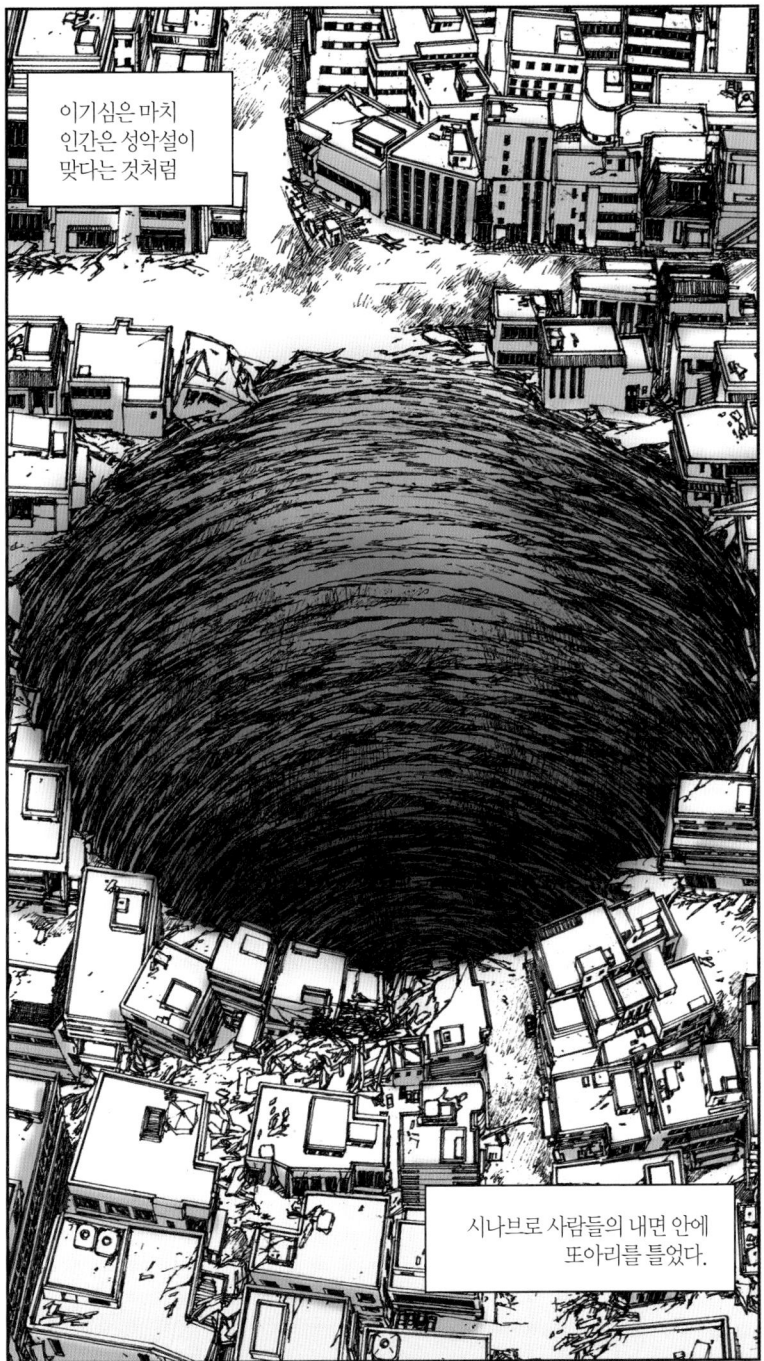

이기심은 마치
인간은 성악설이
맞다는 것처럼

시나브로 사람들의 내면 안에
또아리를 틀었다.

이제 세상 어디에도…

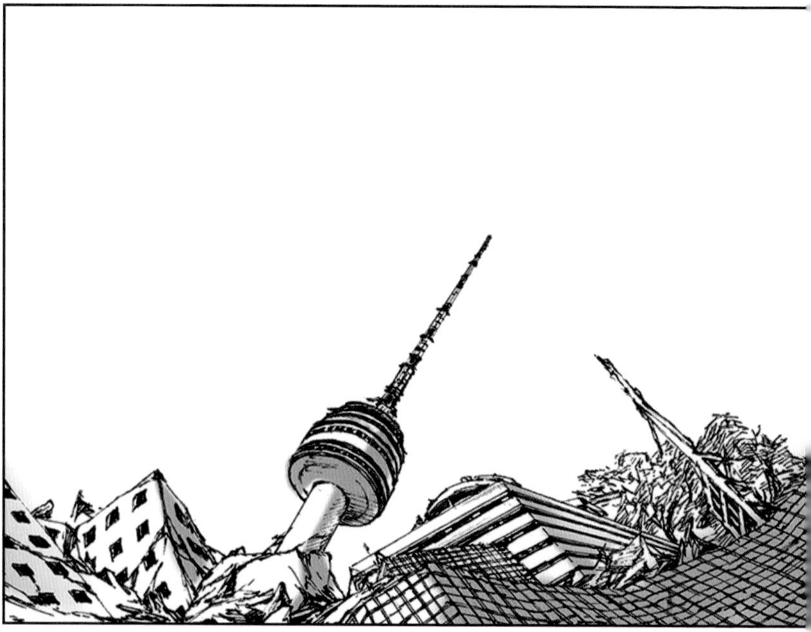

인간은 없다.

제1화

백골

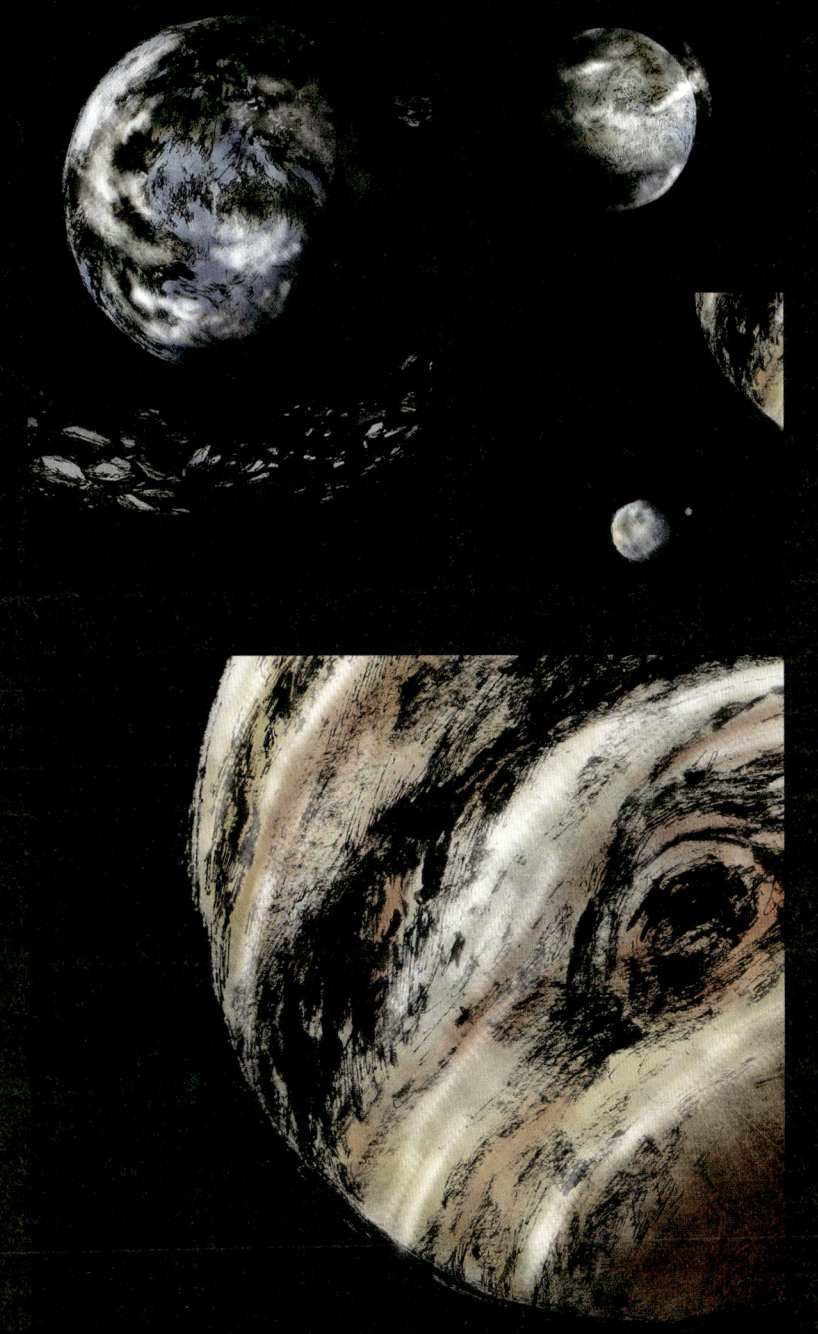

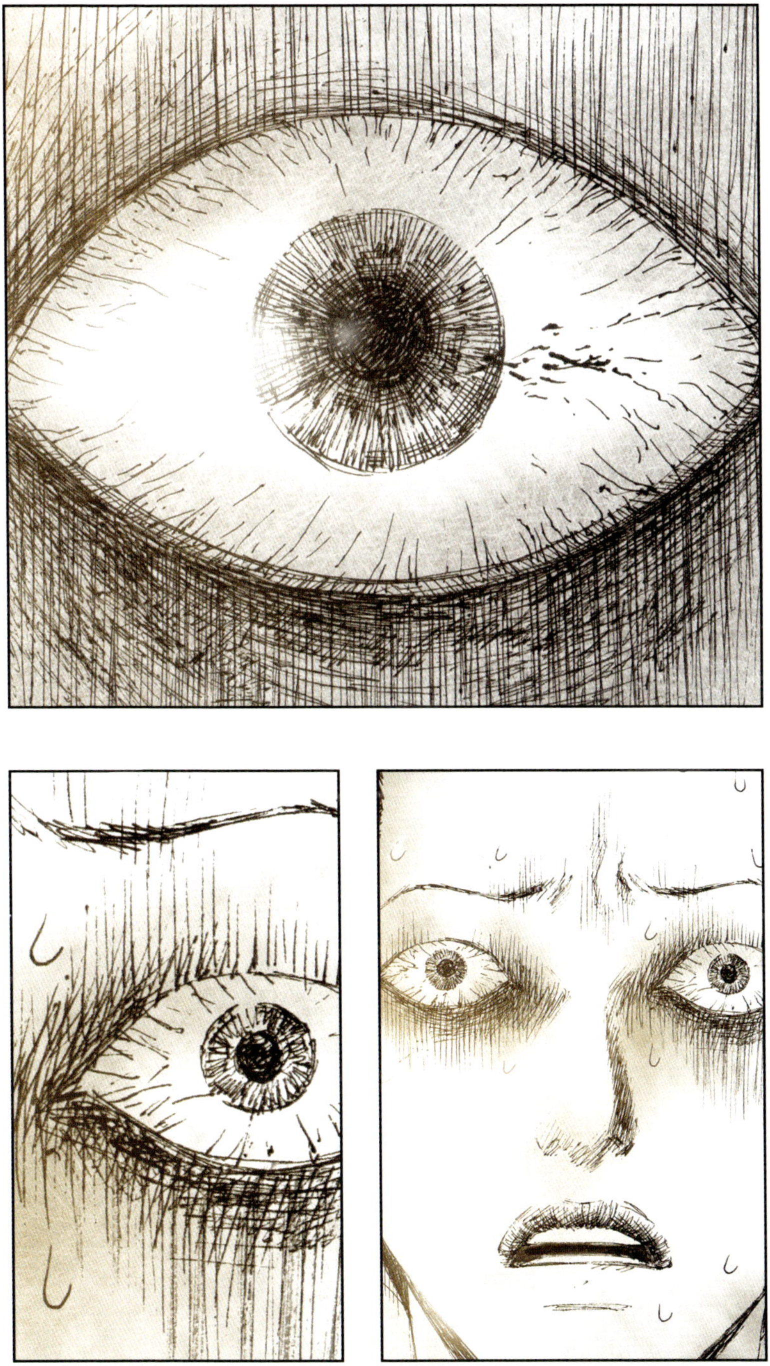

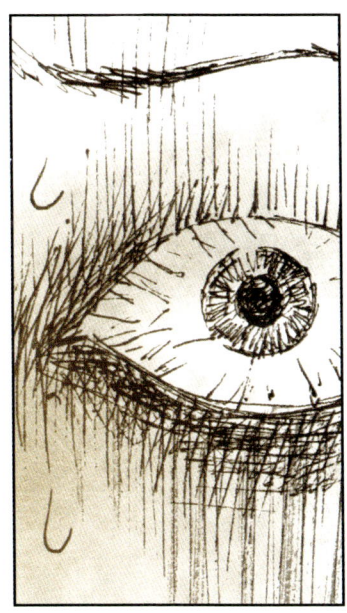
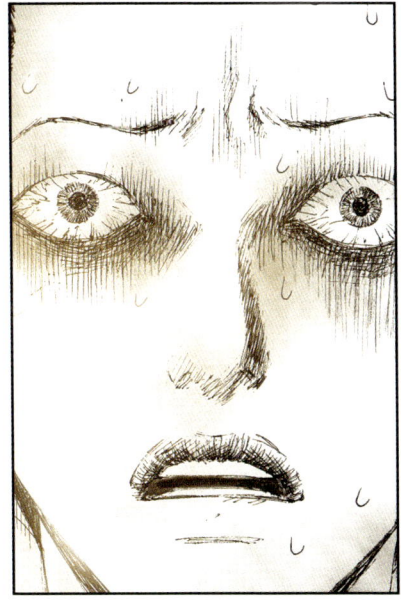

응…
악몽이었어.

자기 깨기
기다리다가
잠들었지 뭐야.

아~ 역시
당신 옆이
최고야.

세상에
땀 범벅
이네.

무슨 꿈
이었어?
알려줄 수
있어?

……

목성이… 정말…
지구 궤도로 왔어…

달은…
파괴되고…

지구는…목성의
인력권에
들어가…완전히…

자기 요새
정말 스트레스
많이 받는구나.

이거봐… 조금 전
나로우주센터에서
온 거야.

우리가
나사에 요청했던
카이퍼 벨트까지의
궤도주기율표.

아빠가
고생 많이 했다고
전해 달래.

어때? 완전
깨끗하지?

그만 봐! 이제 안심해도 되잖아! 맨날 천체만 바라보고 있고

아, 미안.

이제 나도 좀 봐주세요.

있잖아 오빠. 저번에 내가 생각하고

답변 준다고 한 거 있잖아.

지금 대답해줄게.

오빠가 한 프로포즈

받을게.

결혼…해요.

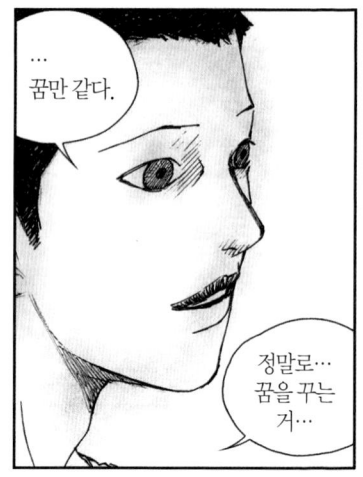

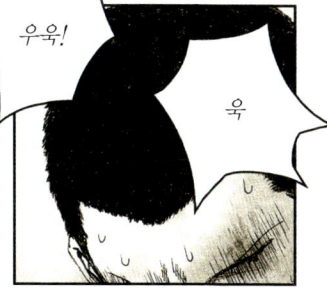

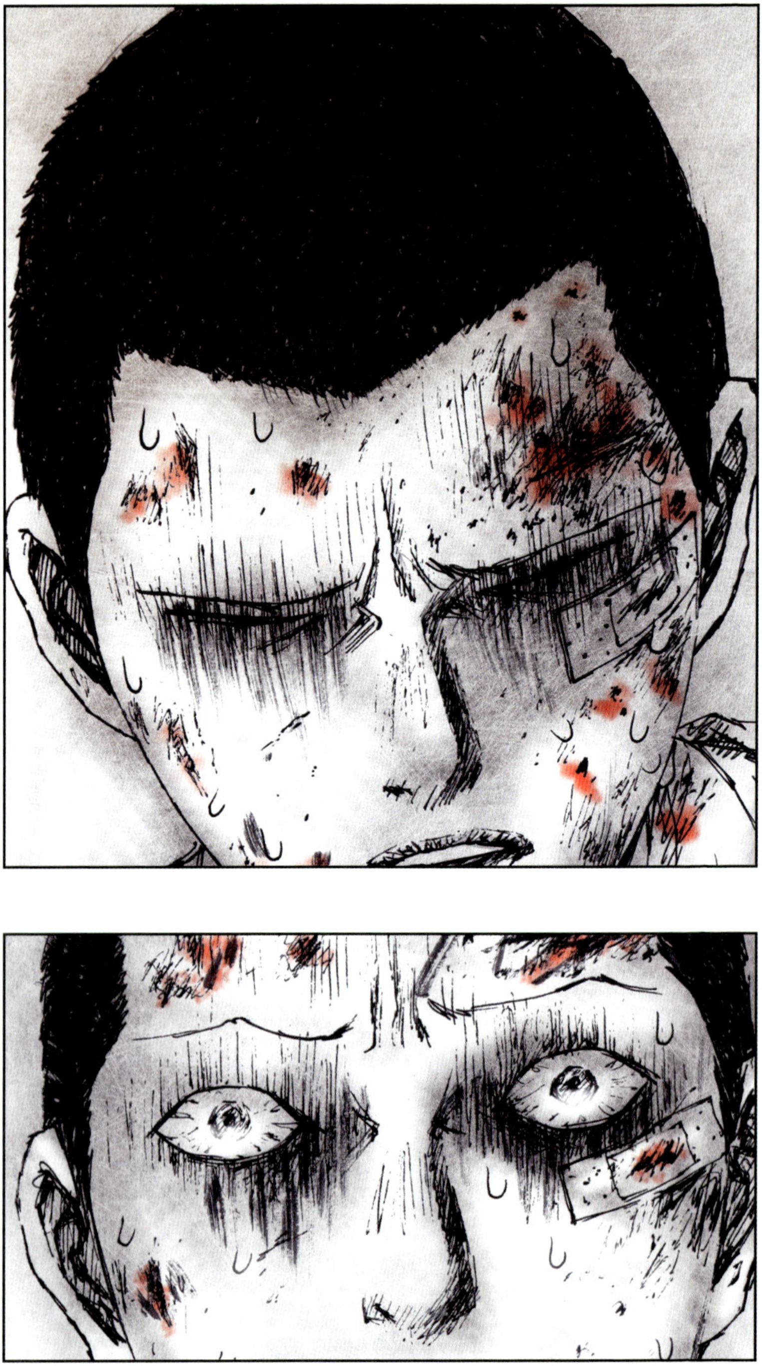

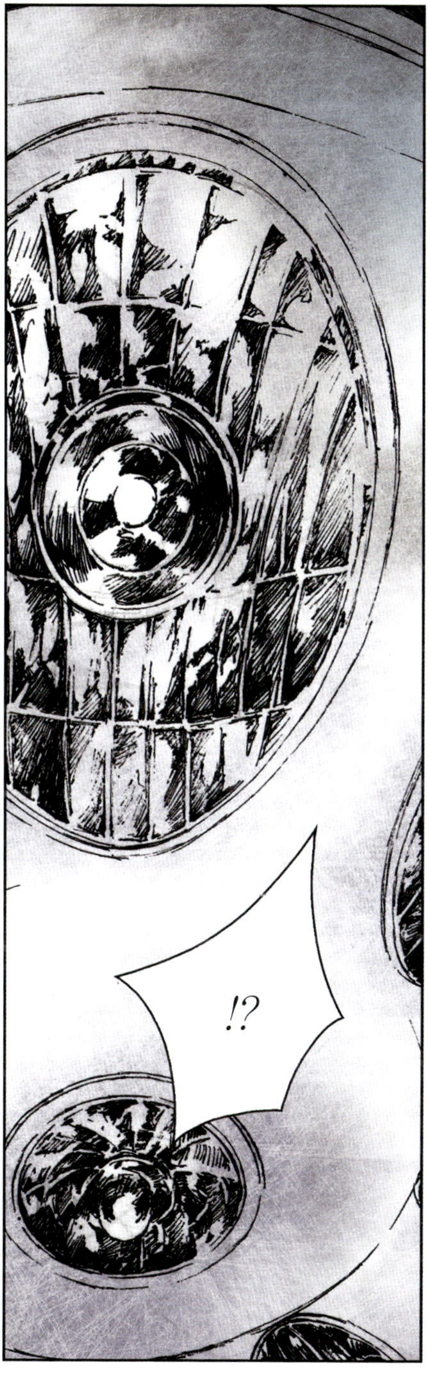

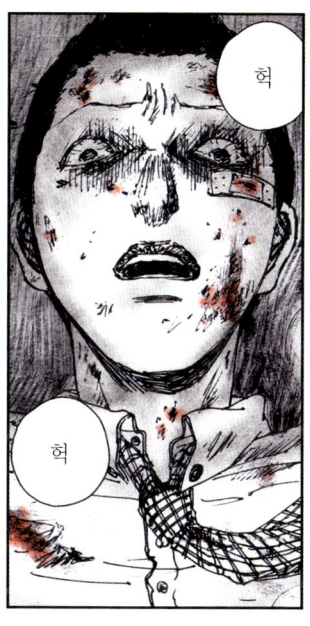

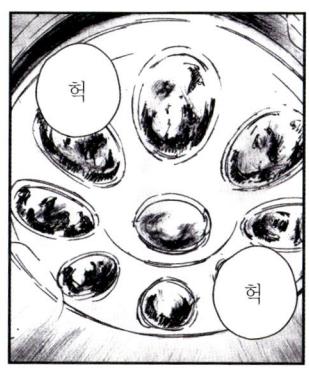

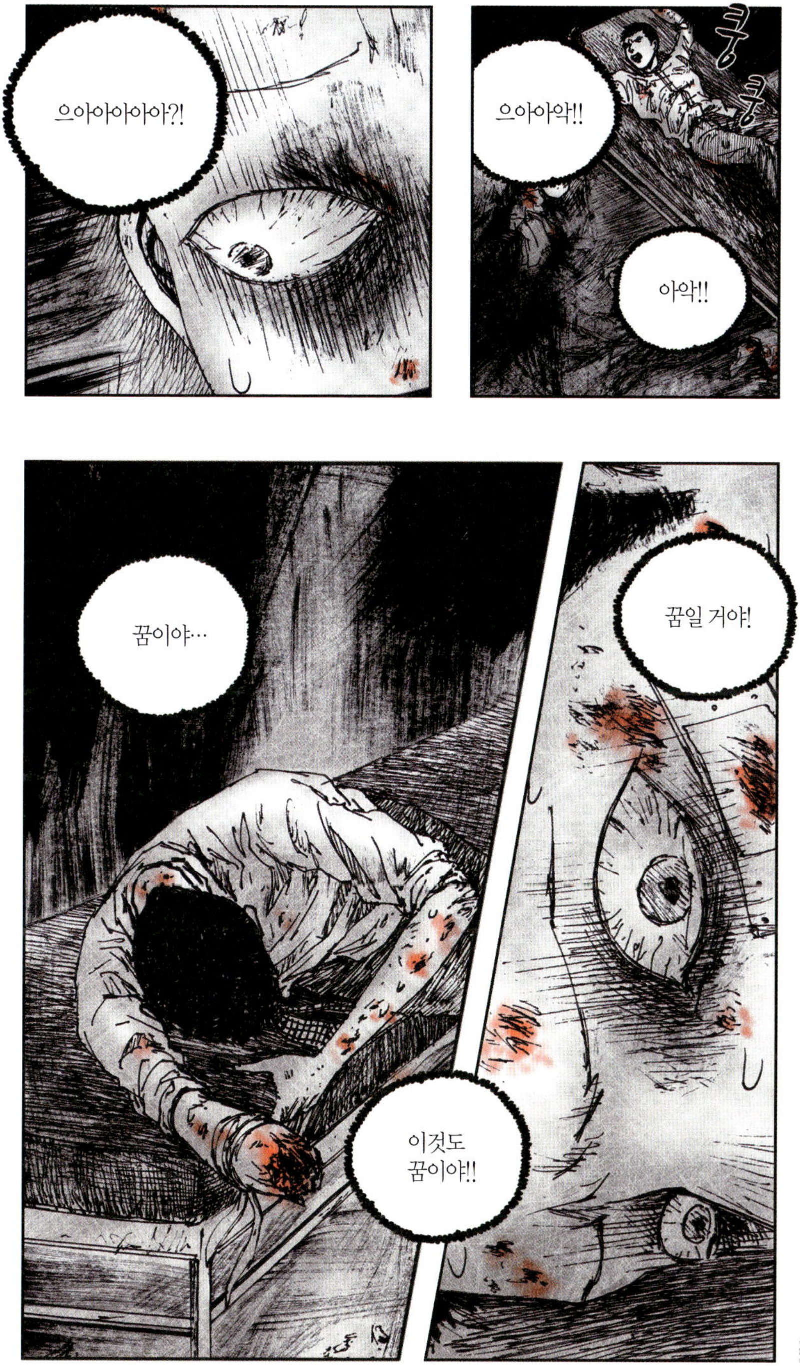

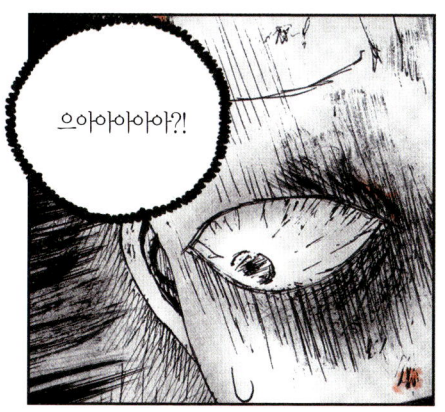

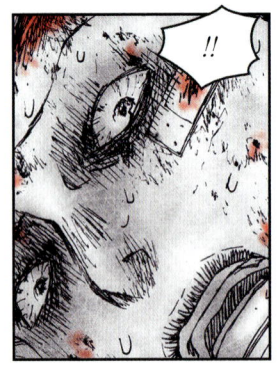

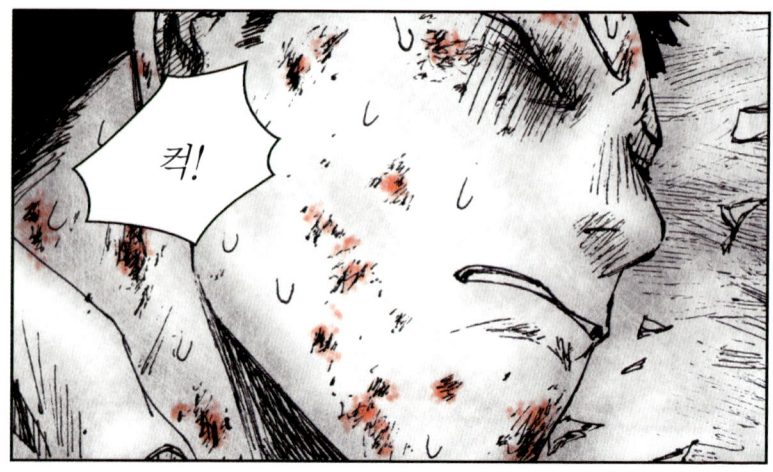

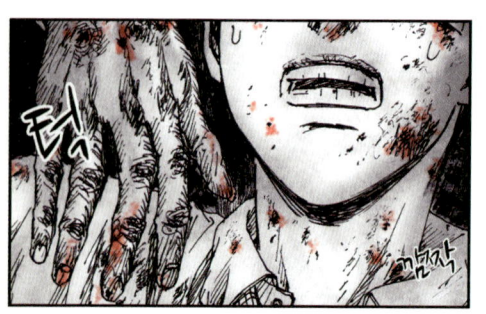

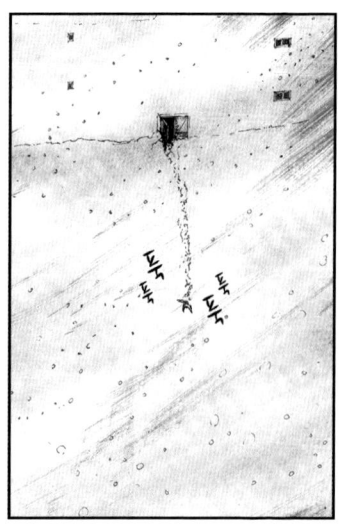

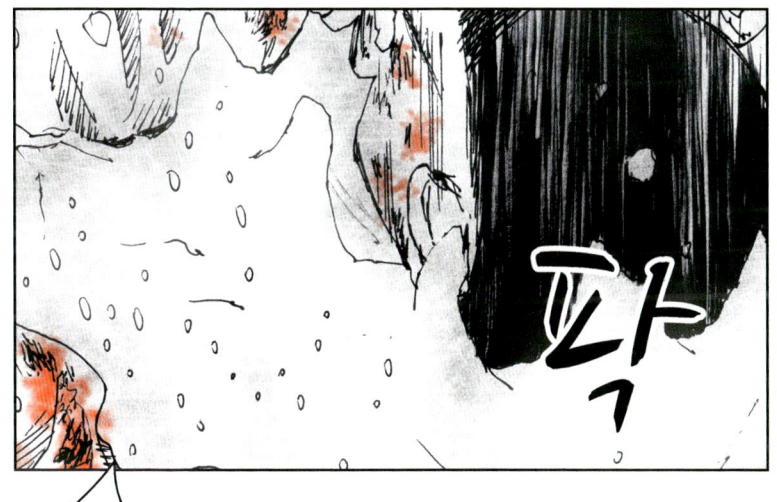

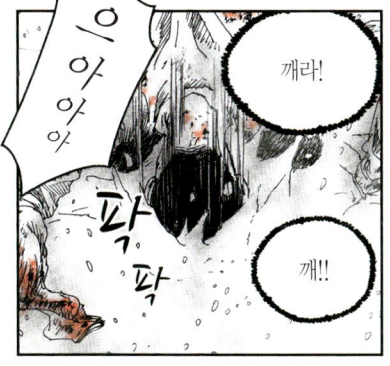

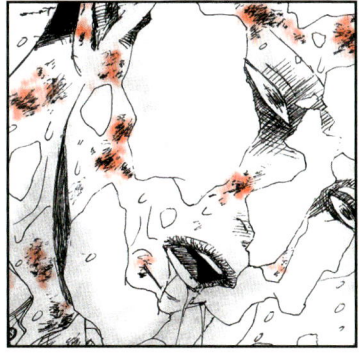

군의 트럭을
타다가
난 장인어른의
호출을 받고

…기억이
난다.

재난이 난 후…
군의 소개령에 따라
아내랑 대구를
떠나기 위해…

아내를
먼저 보내고 대구에
남아 있었어.

!!

깜짝

츄

확

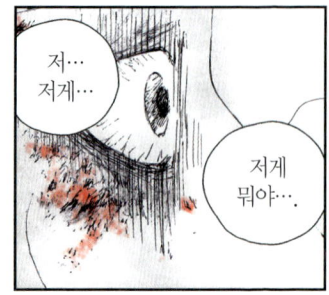

저…
저게…

저게
뭐야…

뭐지?
배… 백골?

백골을
누군가
꿰어놨어…!?

터억

?!

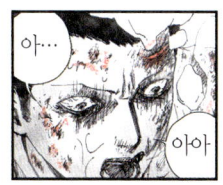

아…

아아

휘이이이잉

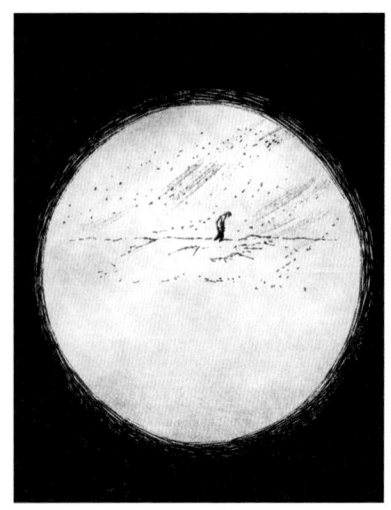

이게…
얼마 만의
인간이지?

저 정도 키면
우리가 일주일은
먹을 수 있겠는데

그치,
애들아?

그것도
오염 안 된
인간이야.

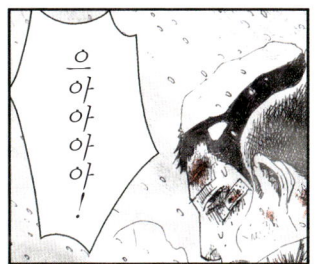

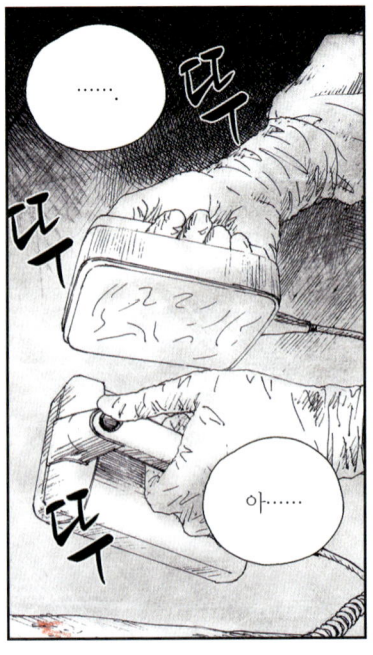

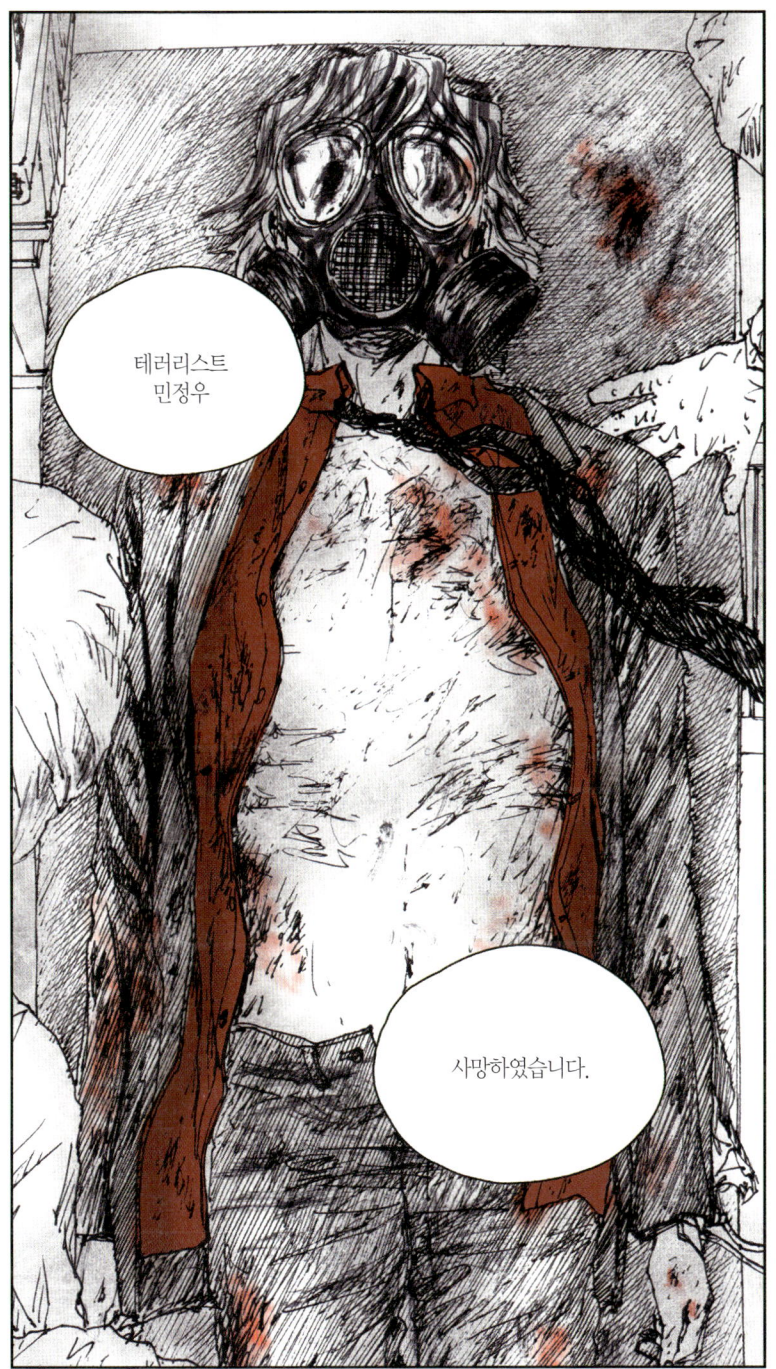

제2화

마트

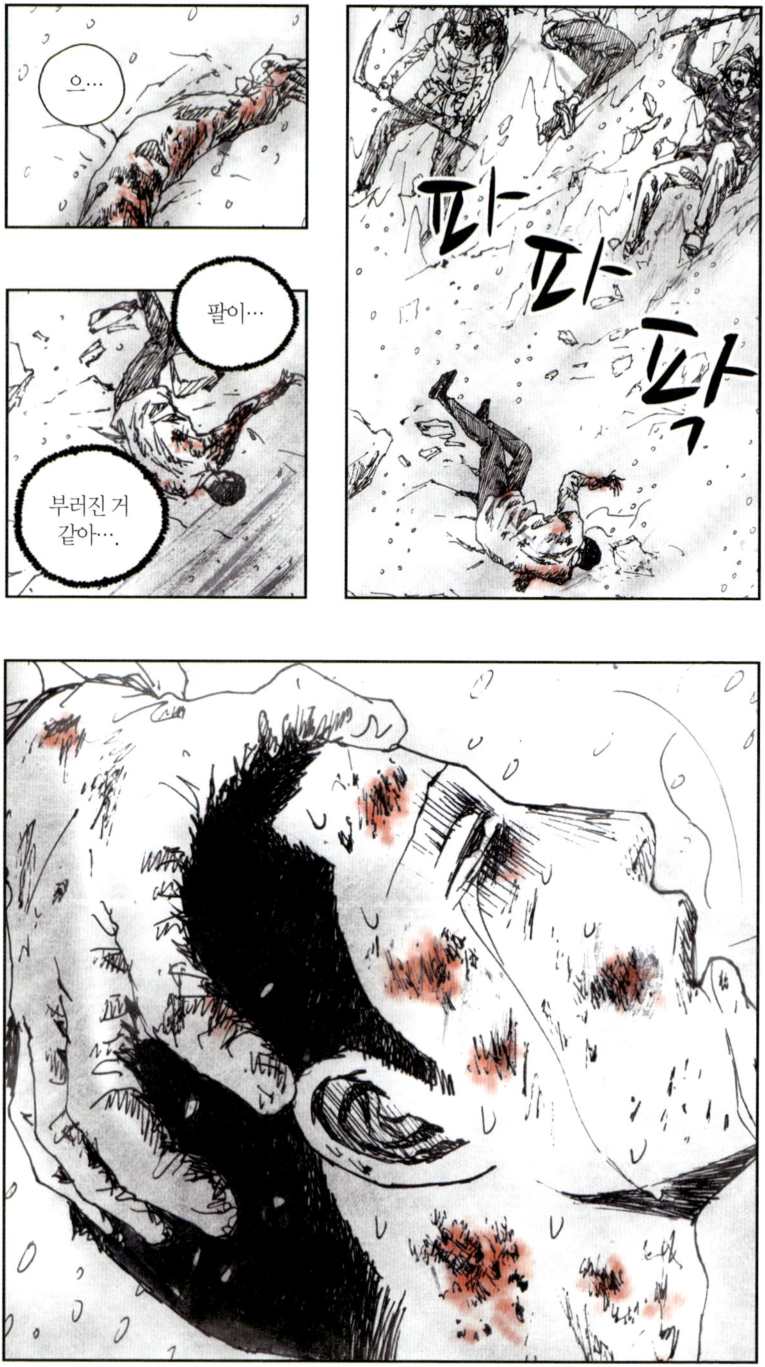

으…

파
파
픽

팔이…

부러진 거
같아….

절대
죽으면 안 돼
썩으니까.

일단 오늘
먹을 거만
도려내.

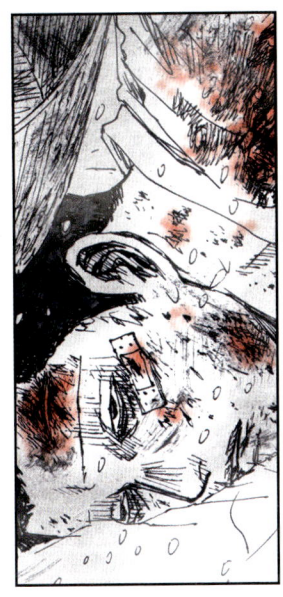

혜영…아…

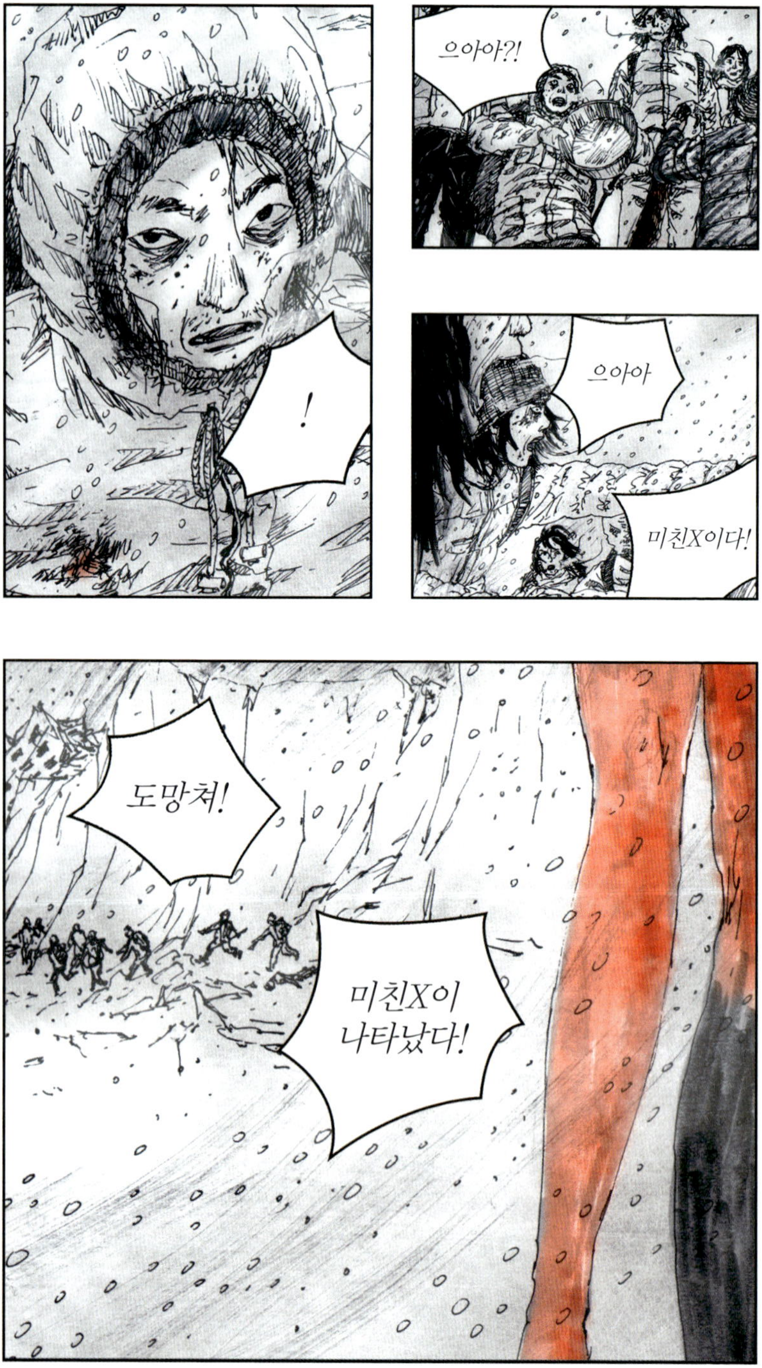

!

으아아?!

으아아

미친X이다!

도망쳐!

미친X이
나타났다!

뭐지?

…
혜영이?

….

심장…
내놔…

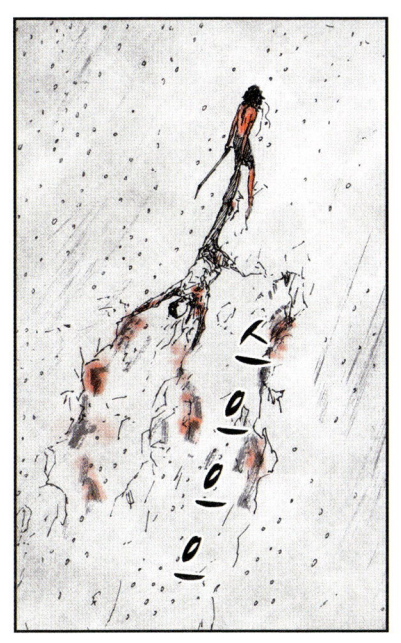

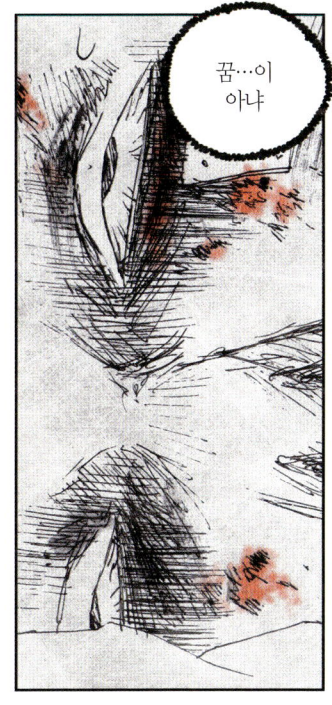

진짜는…
이거였어.

심장 내놔…

이미
세상은…

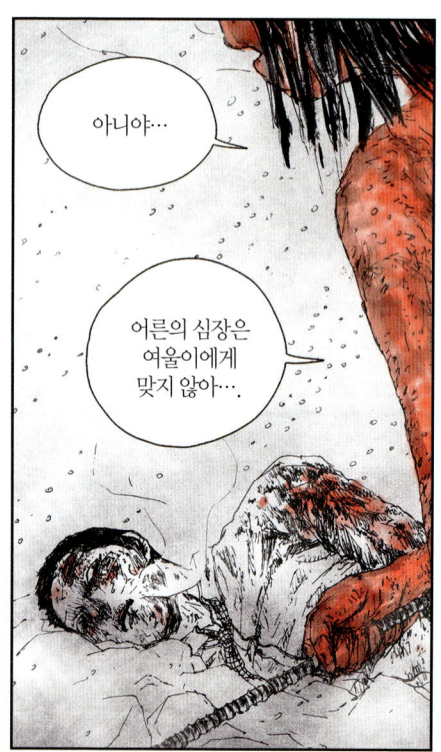

아니야…

어른의 심장은
여울이에게
맞지 않아…

아이…
아이의 심장이
필요해…

휘오
오오

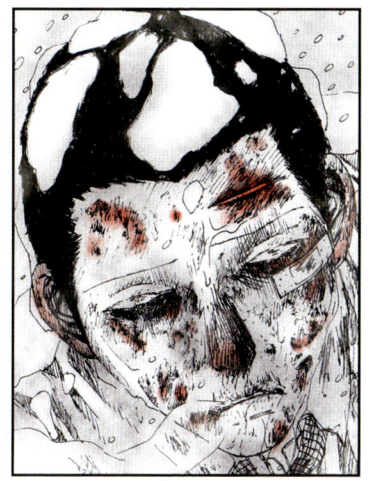

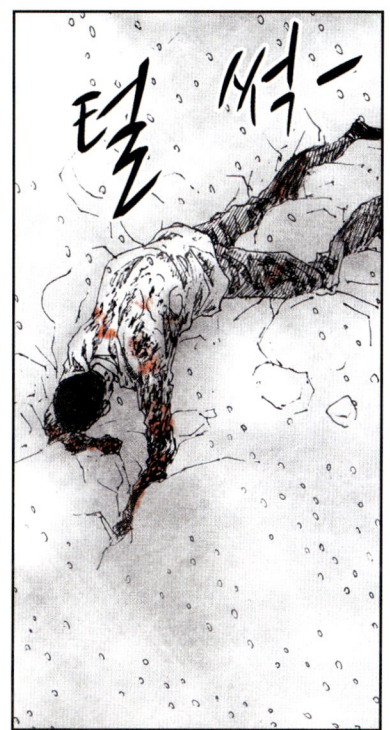

털썩—

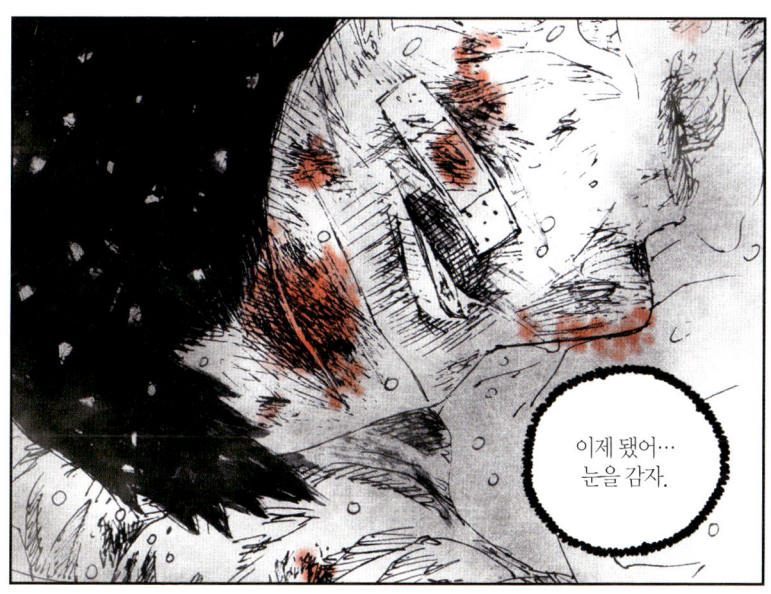

이제 됐어…
눈을 감자.

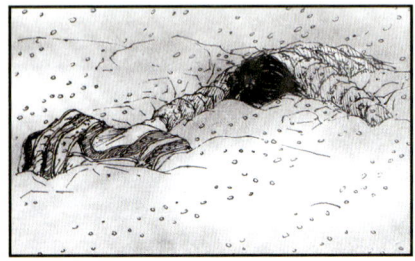

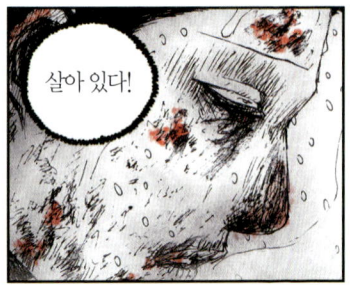

살아 있어!

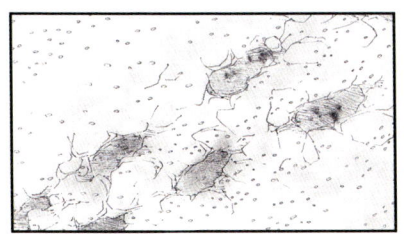

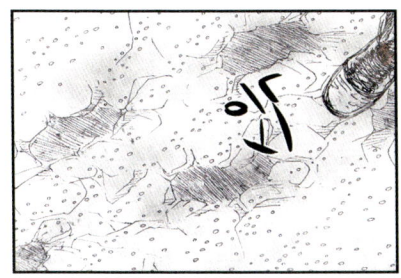

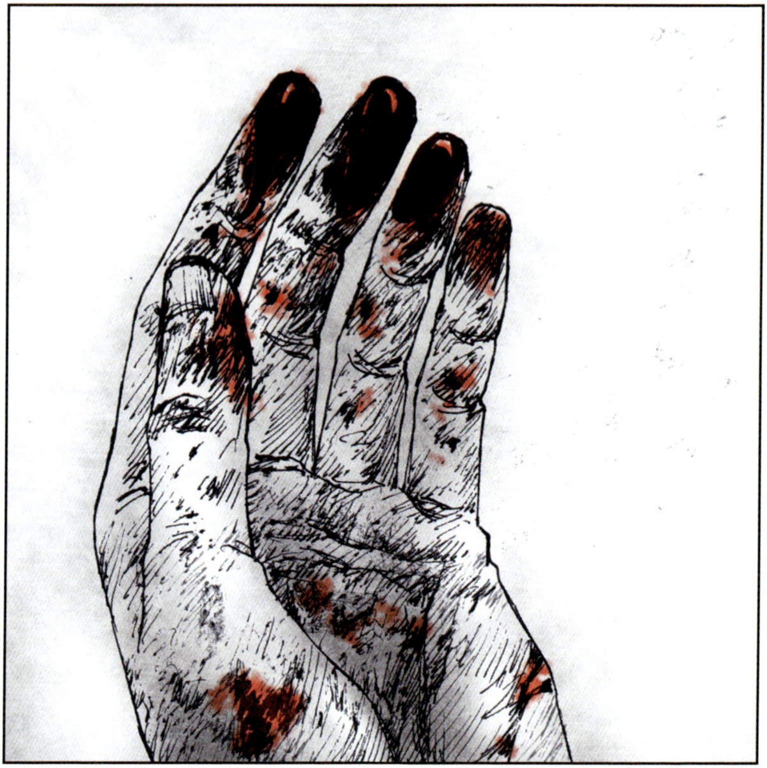

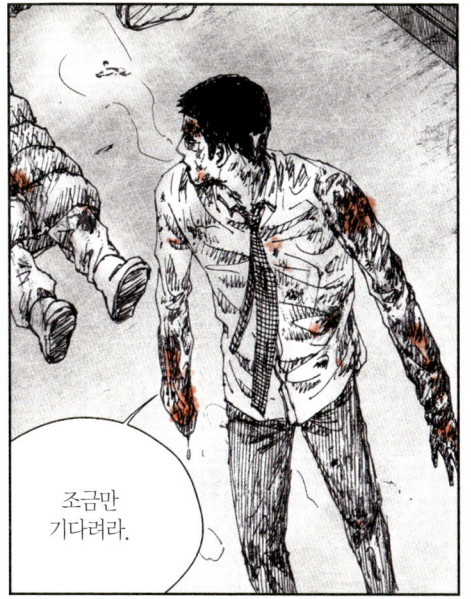

젠장!
아무것도
없어!

먹을 건 기대도
안 했지만 약품까지
없다니….

생필품
코너라도
가보자.

또 백골이…
그런데 손상부위가
전부 제각각이다…

싸움이라도
난 건가?
대체 왜…?

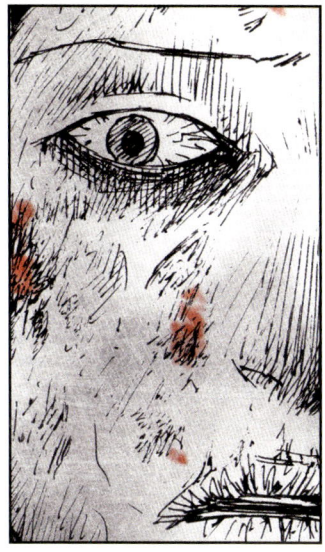

이…
이건?!

제3화

고기

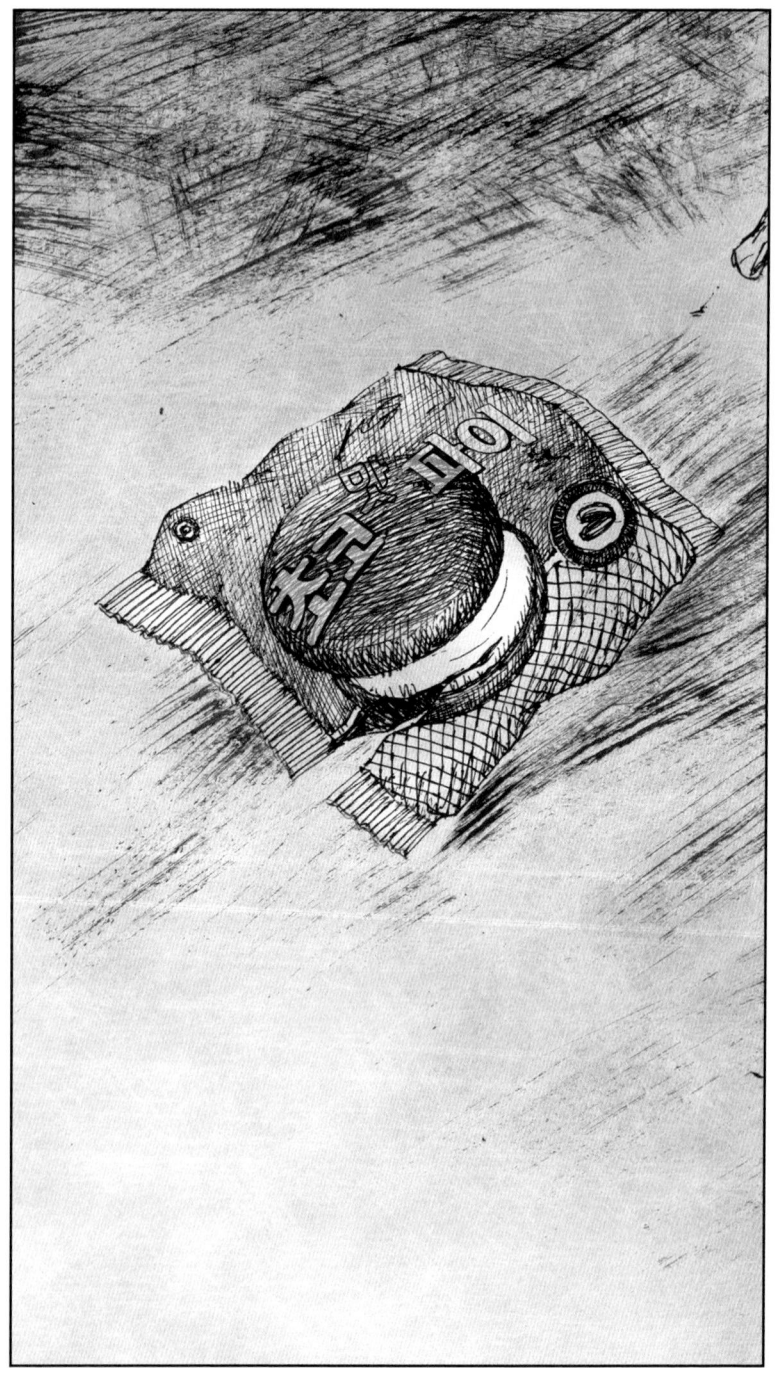

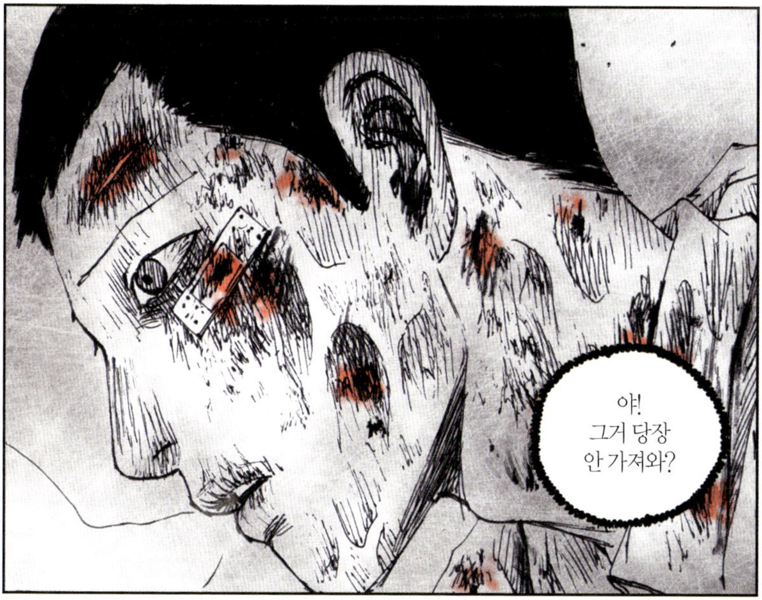

야!
그거 당장
안 가져와?

꼰대가 뒤질라고.

죽여버릴 거야!

죽인다!

뿌득

오빠! 안 돼!

놔! 혜영아! 저건 우리 일주일치 식량…

오빠!!

오빠 지깟 믹을 거 가지고 화내는 사람 아니잖아.

무슨 일이 있어도 이성을 잃지 말자고 했지?

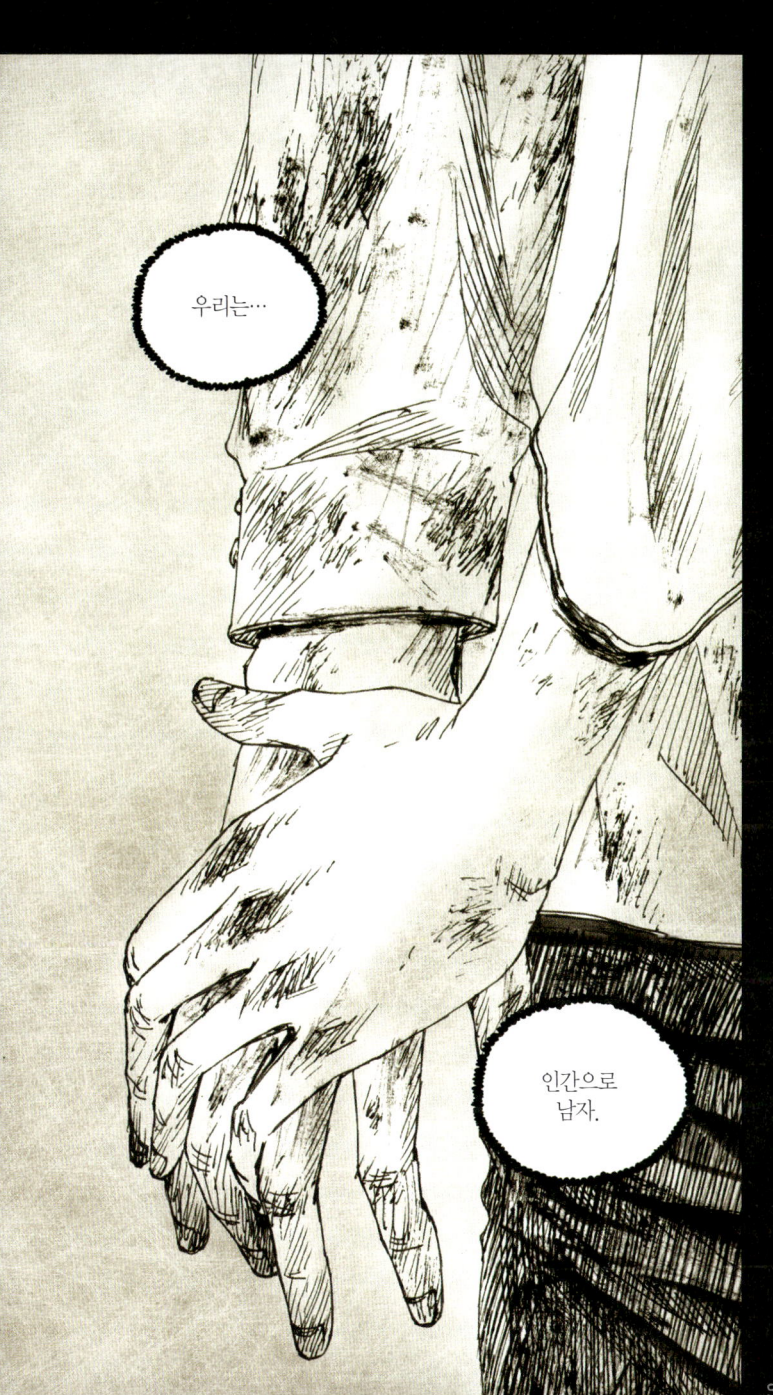

미안하다. 애야.

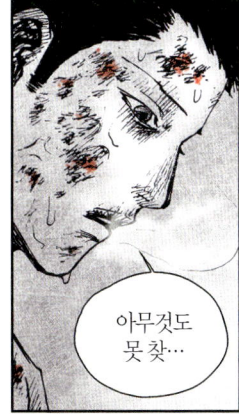

아무것도 못 찾…

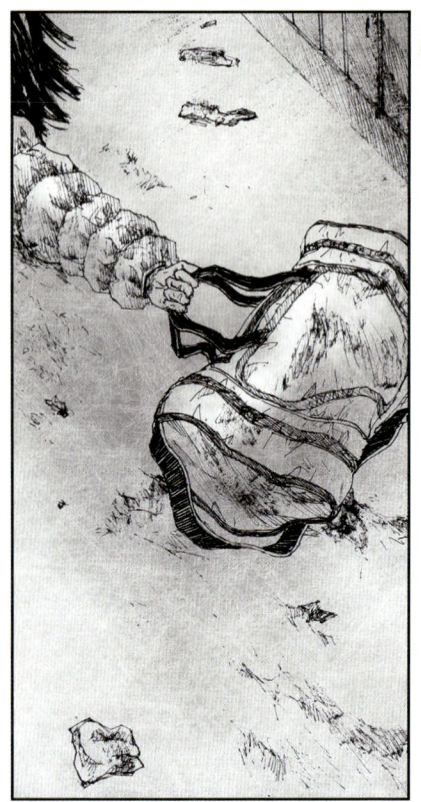

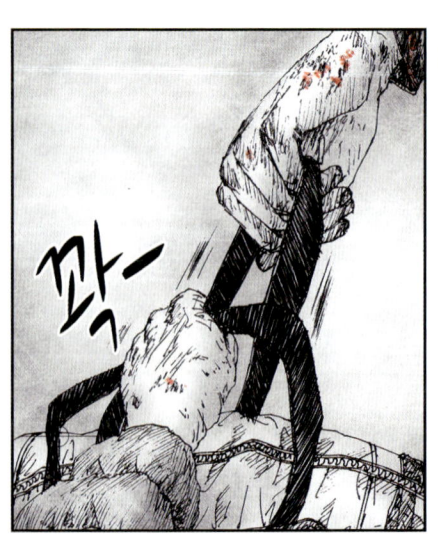

팍ㅡ

찌

이

익

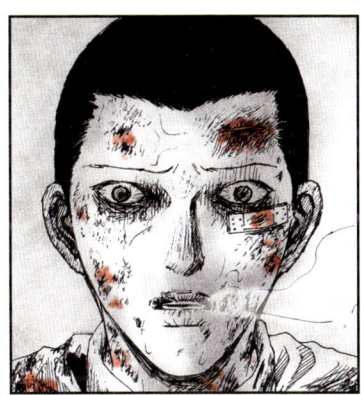

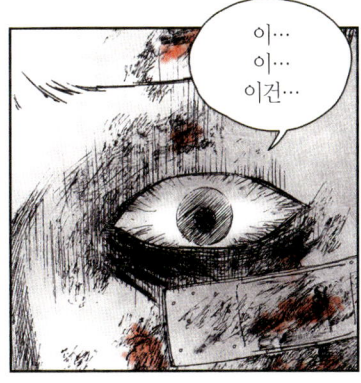

이…
이…
이건…

으아아아악!

…귀?

저 애가
왜 이런 걸…

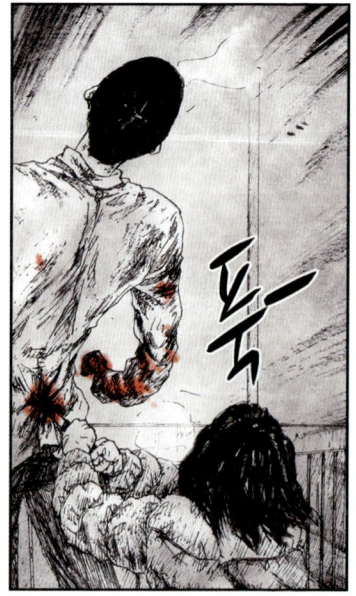

뚝

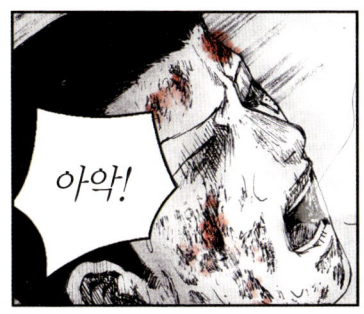

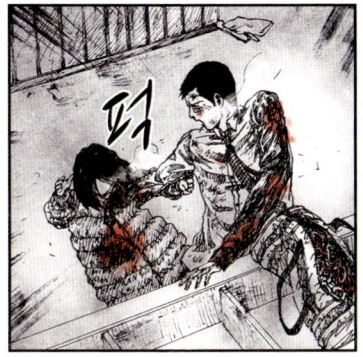

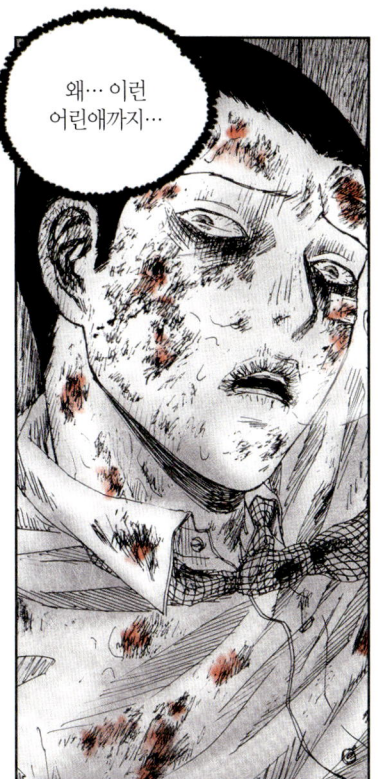

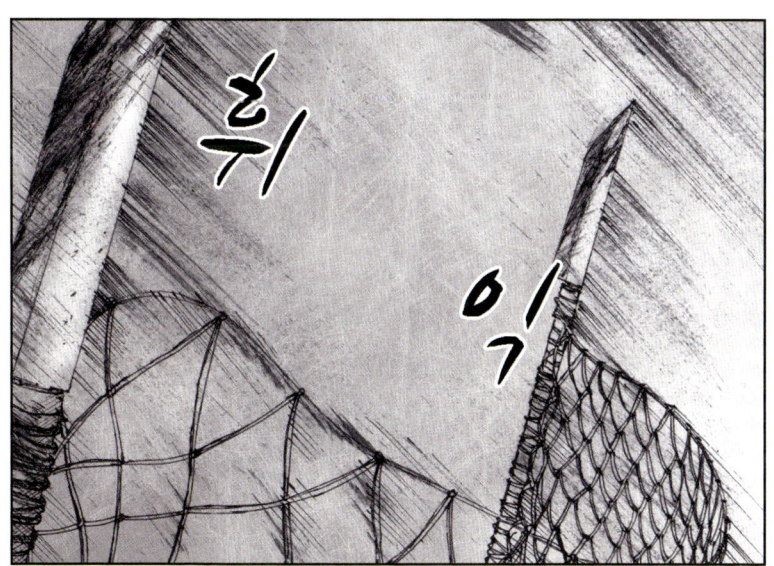

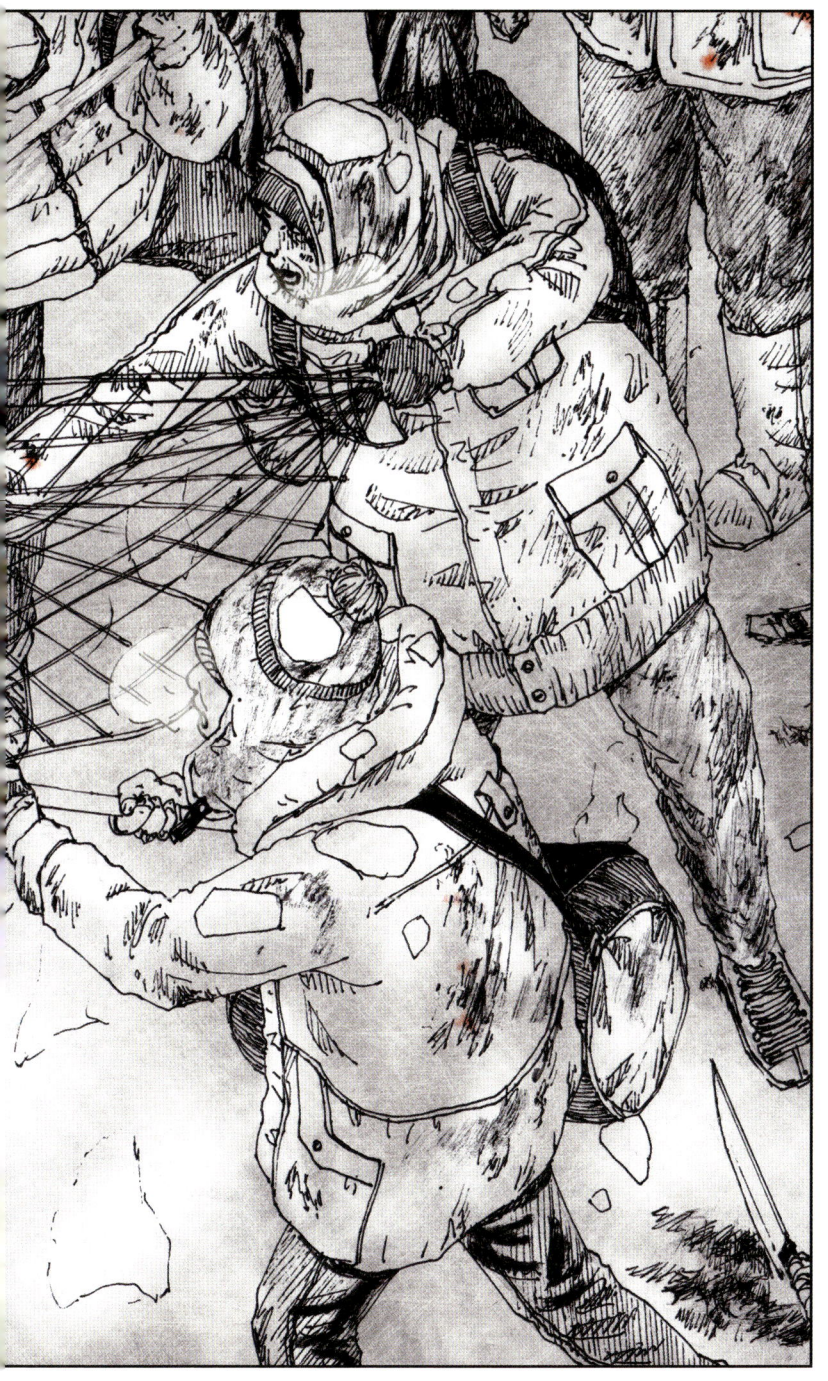

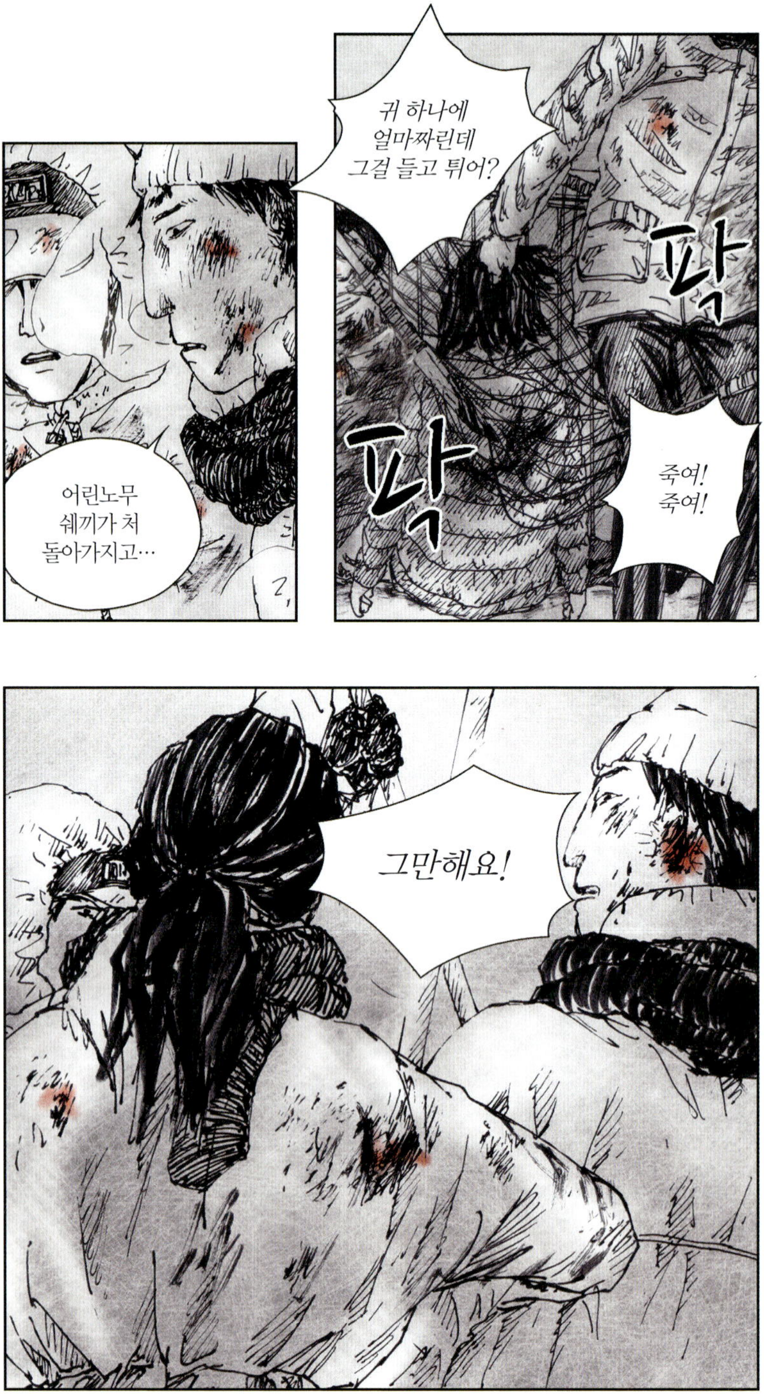

어린노무
쉐끼가 처
돌아가지고…
귀 하나에
얼마짜린데
그걸 들고 튀어?
팍
팍
죽여!
죽여!
그만해요!

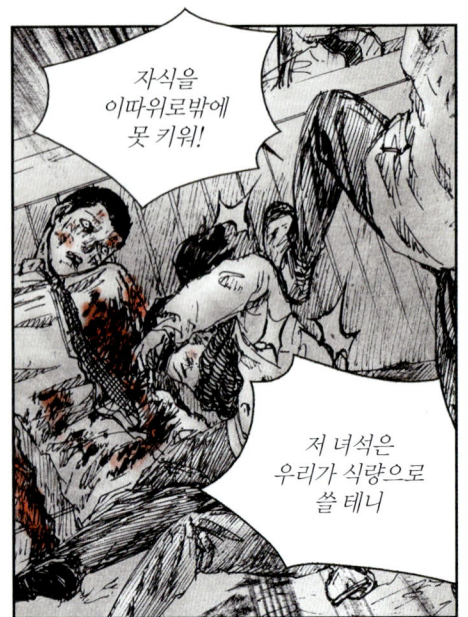

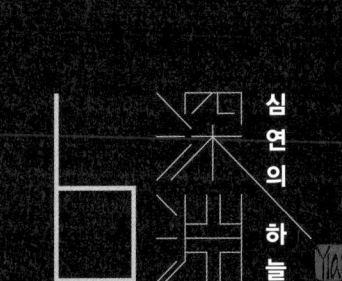
심 연 의 하 늘

제4화

전주

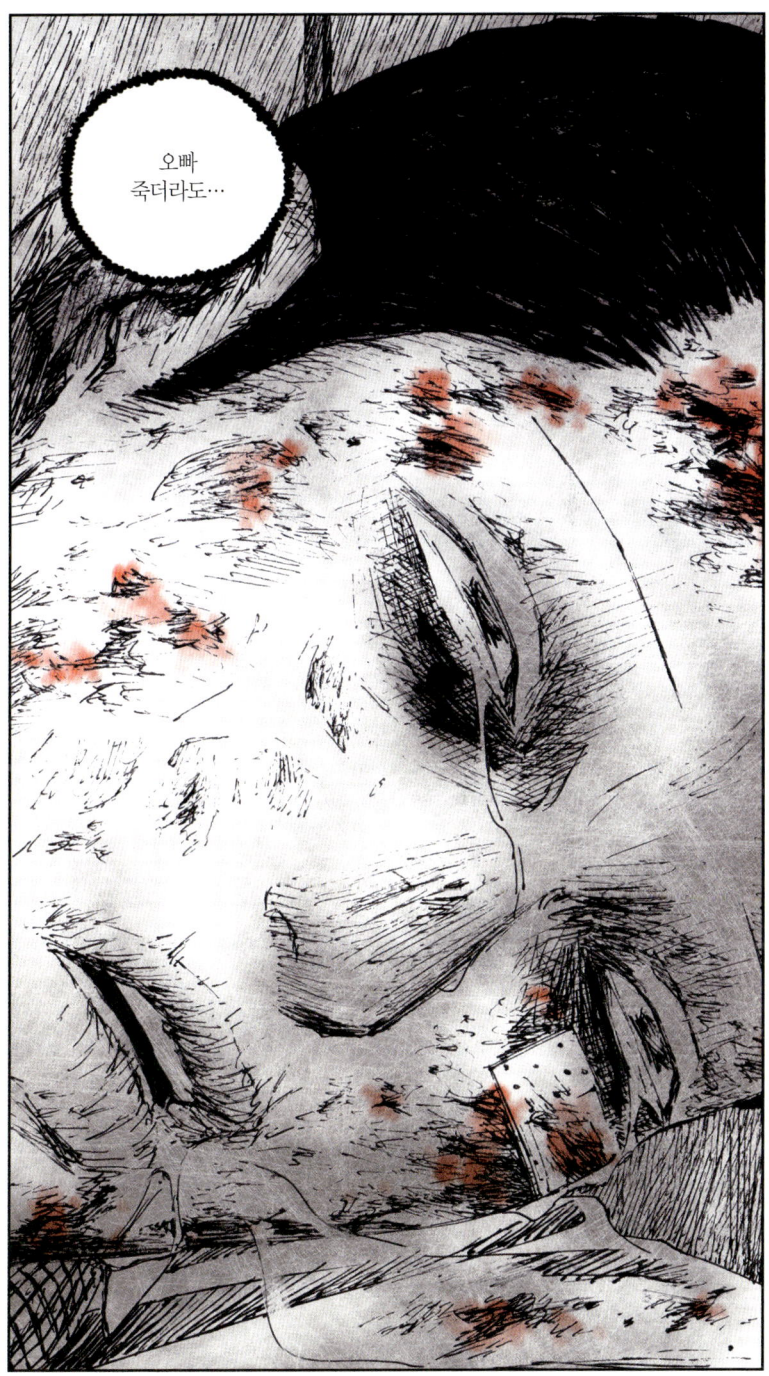

우리는
인간으로
남자….

꼬마 주제에
제대로
찔렀네?

피가 더
빠지면 더
맛있을 거야.

이대로
놔두자고…

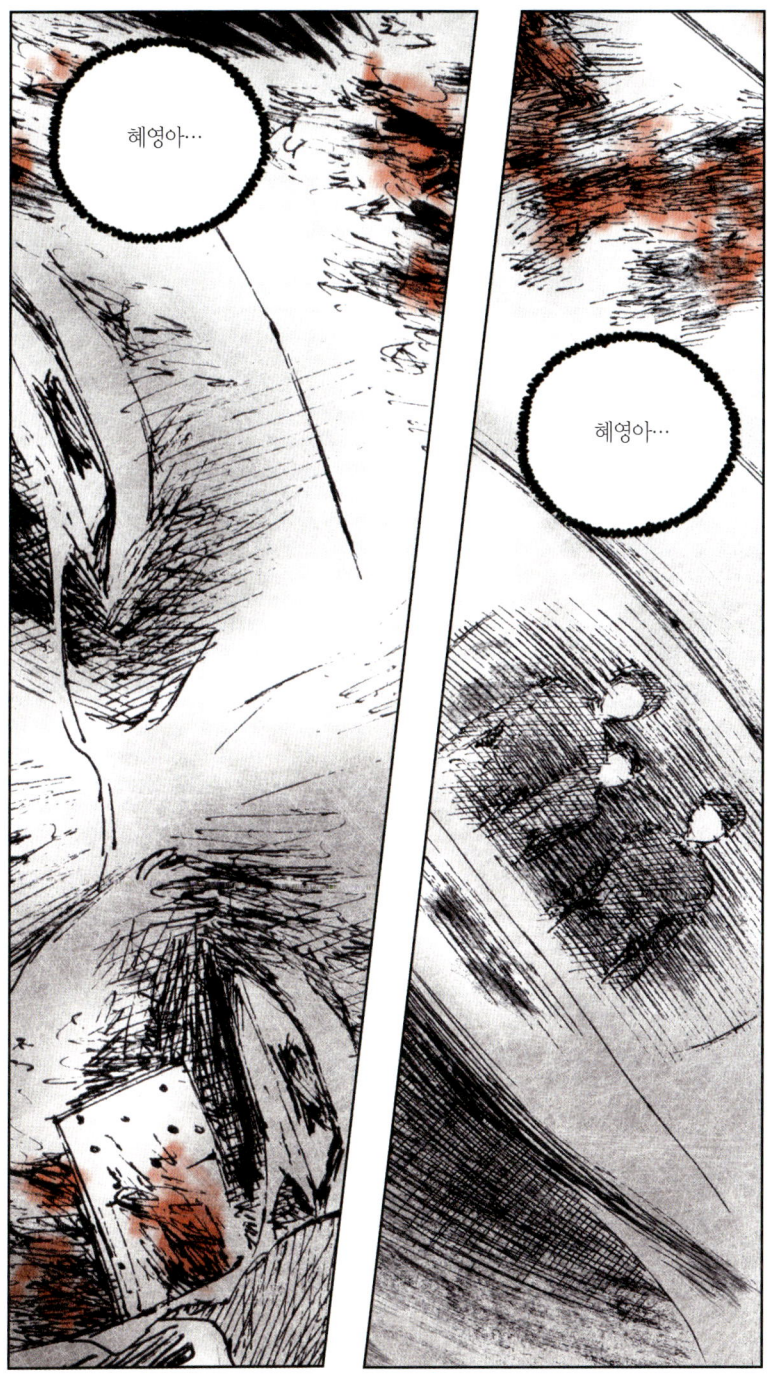

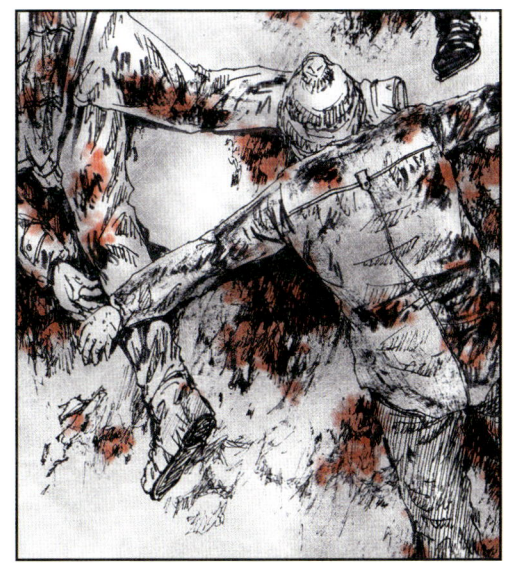

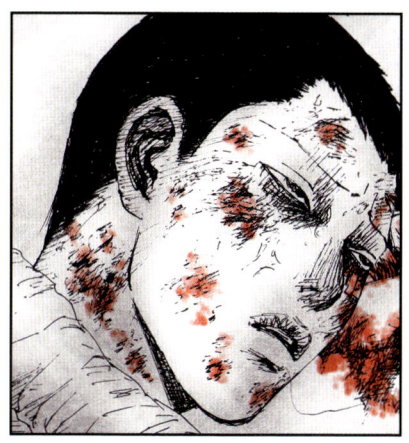

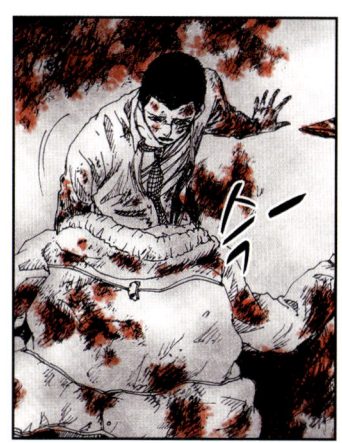

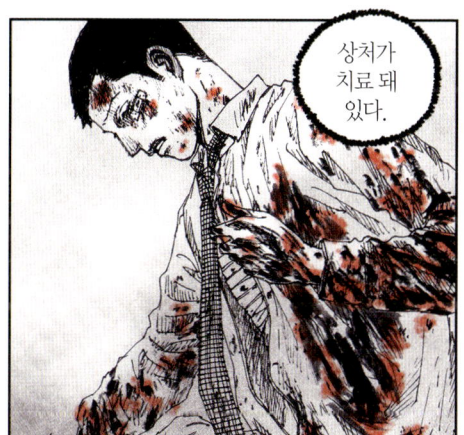

상처가
치료돼
있다.

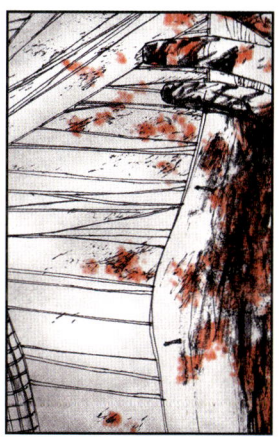

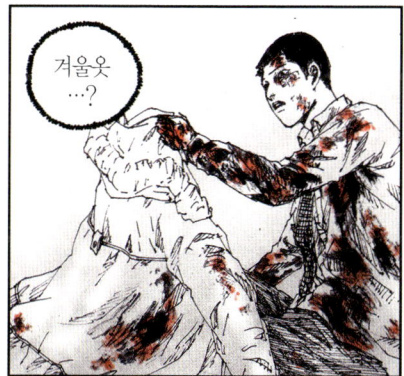

겨울옷
…?

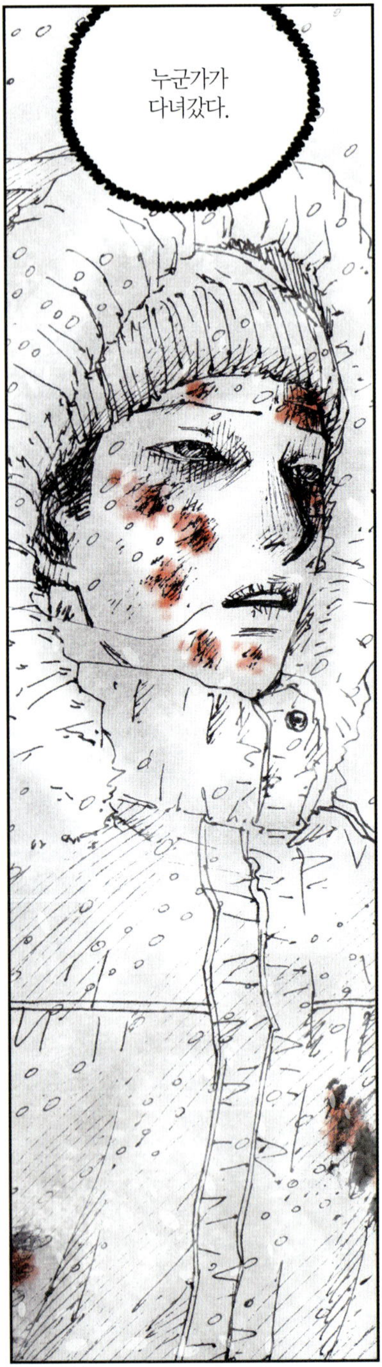

누군가가
다녀갔다.

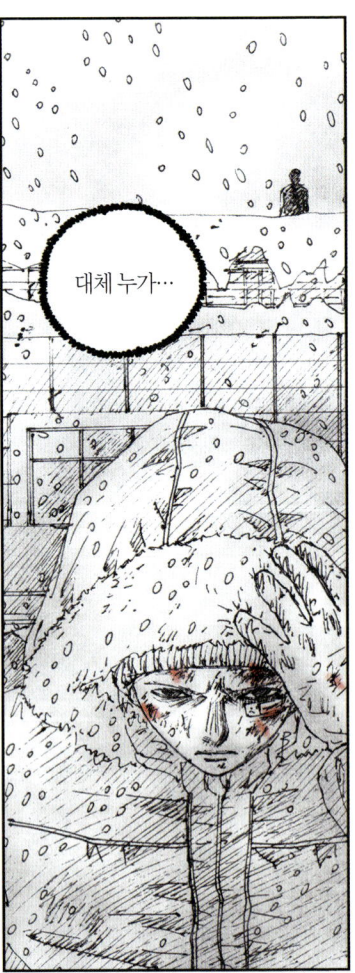

대체 누가…

휘이잉

혜영이를
찾아야
한다….

분명
군인들과 함께
떠났었지…
그럼 군인들을
찾아 물으면…

잠깐…!
군인이라면
…

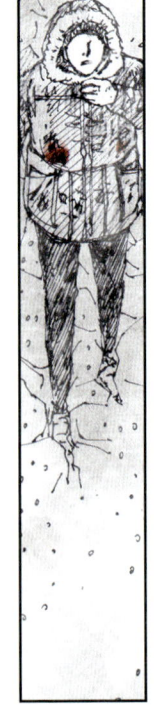

군인은
안 돼…!

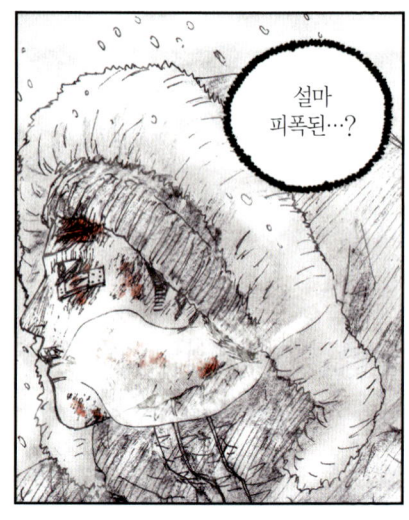

도망가야 해.

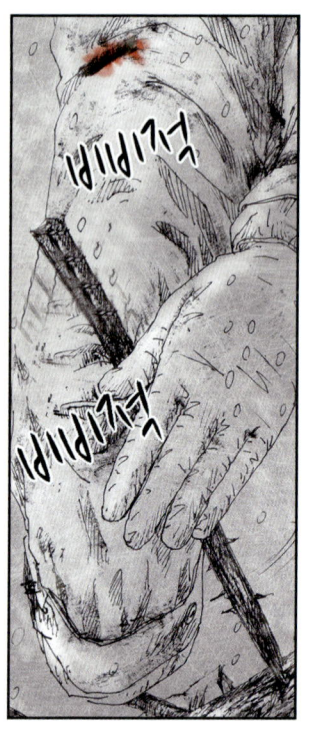

빌어먹을!

날이 저무니까
기온이 훨씬
떨어졌다.

이대로는
얼어죽는다!
불이 필요한데
…

역시
한손으론
어림도 없어!

안되겠어.
빈 건물이라도
…

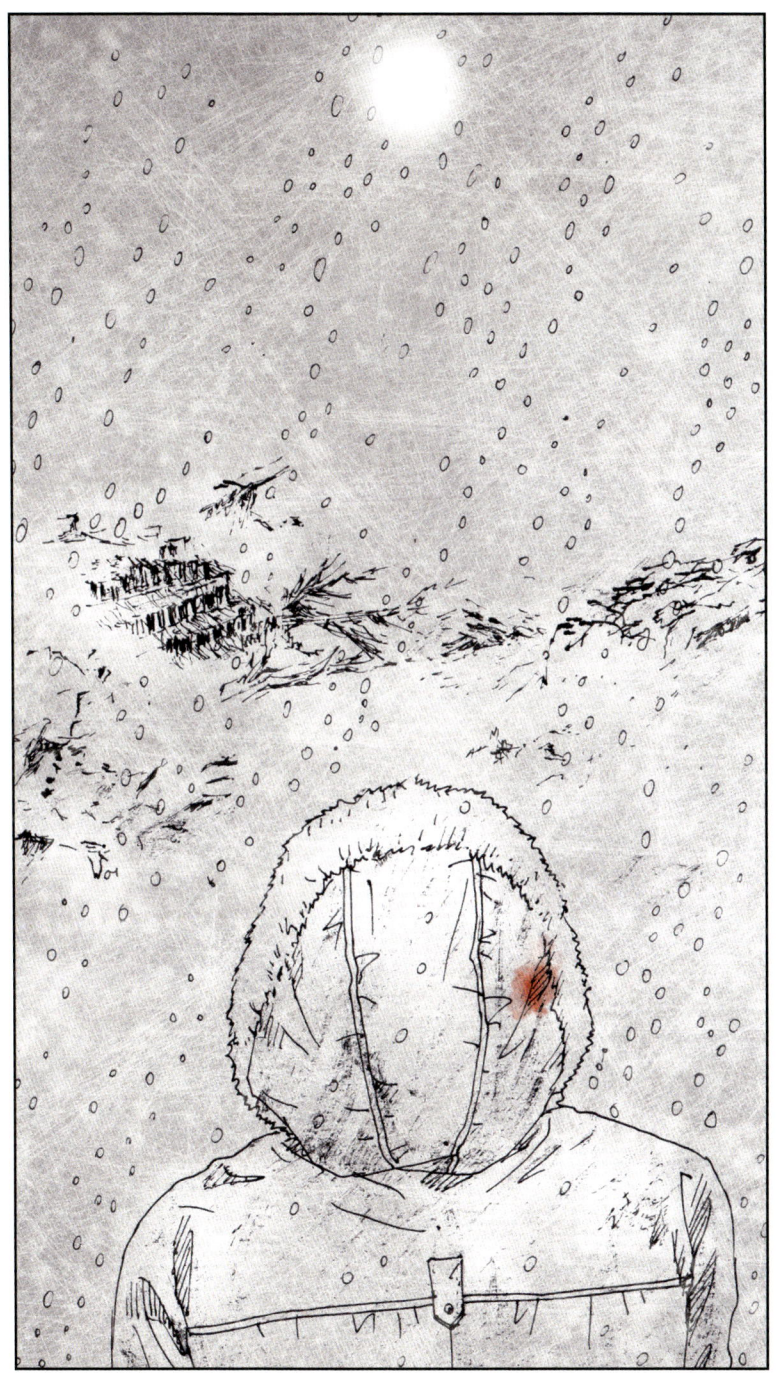

불빛…?

사람인가…?

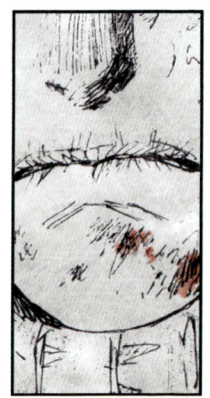

내가 또 꿈을
꾸는 걸까…

저렇게…

따뜻한
식사가…

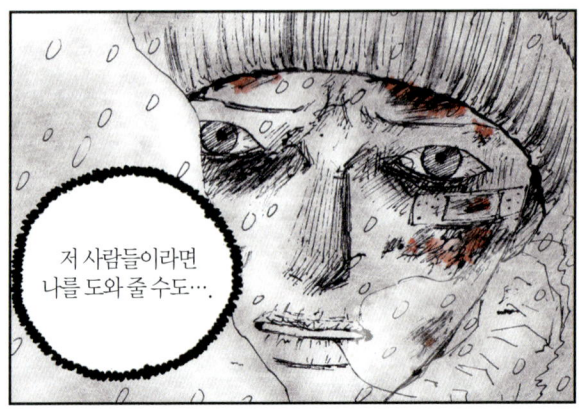

저 사람들이라면
나를 도와 줄 수도….

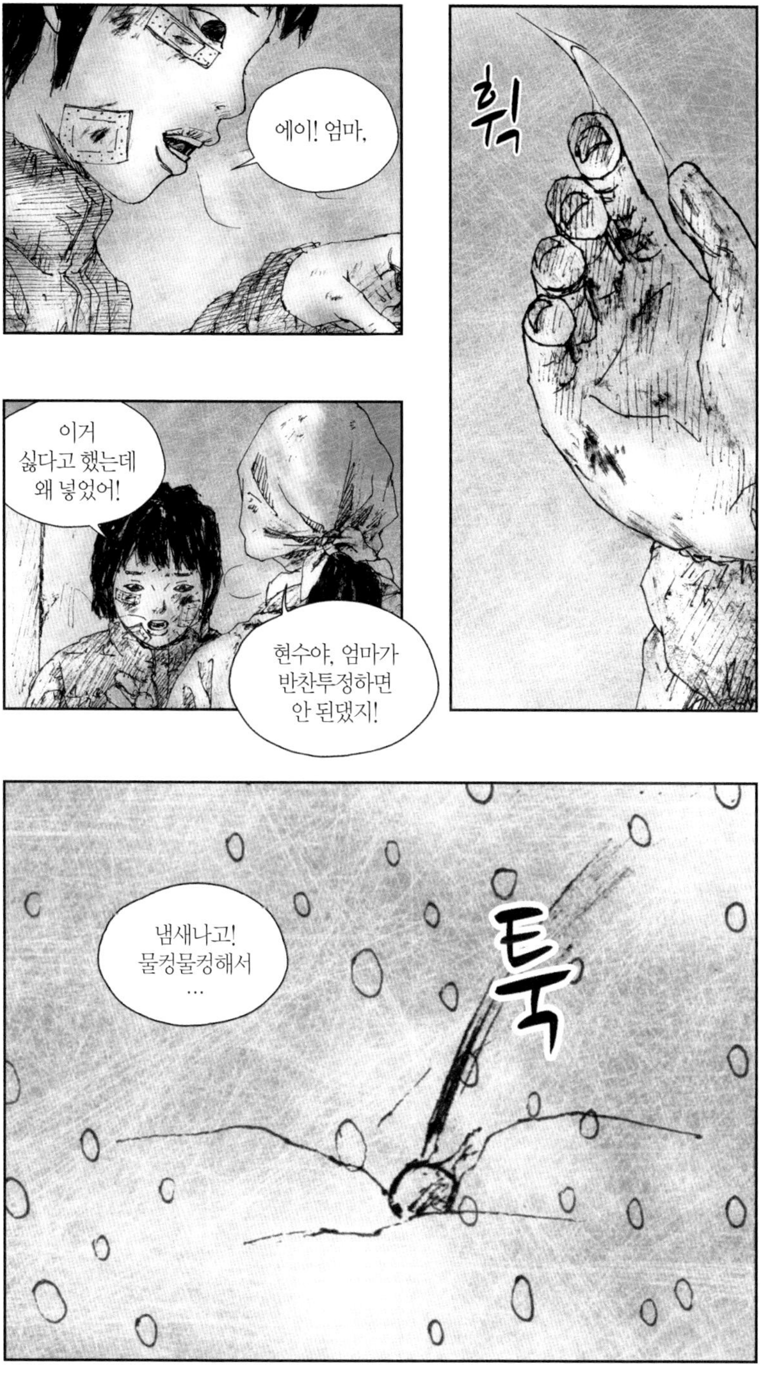

에이! 엄마,

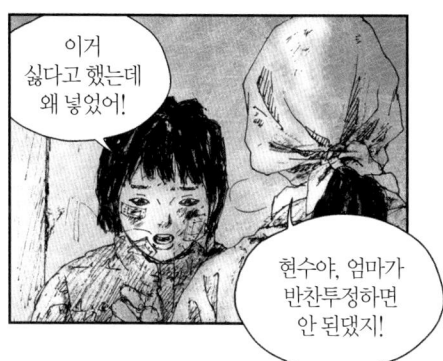

이거 싫다고 했는데 왜 넣었어!

현수야, 엄마가 반찬투정하면 안 됐댔지!

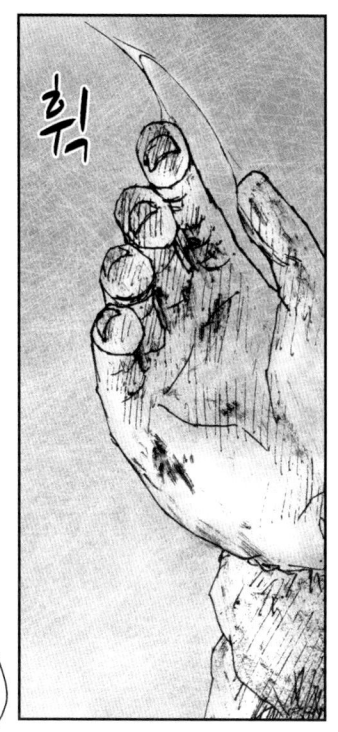

휙

냄새나고! 물컹물컹해서 …

툭

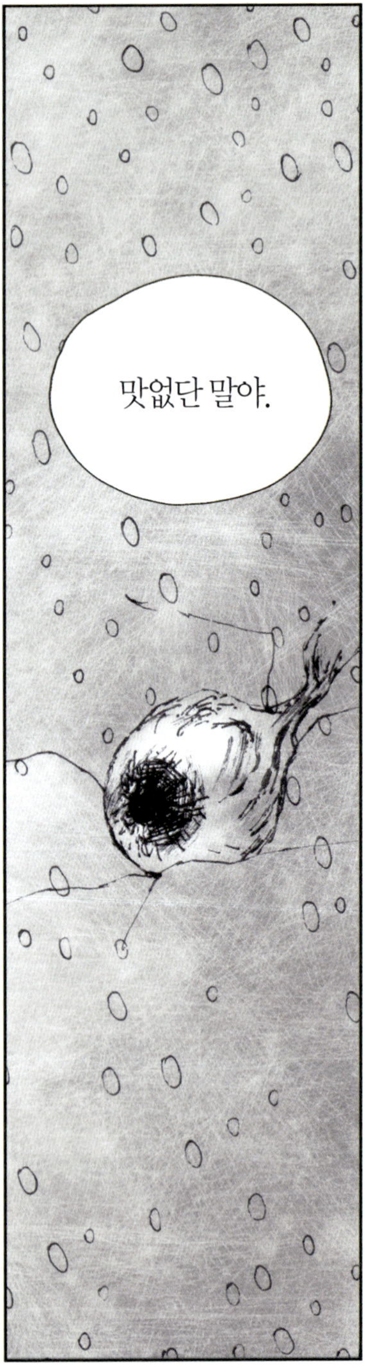

맛없단 말야.

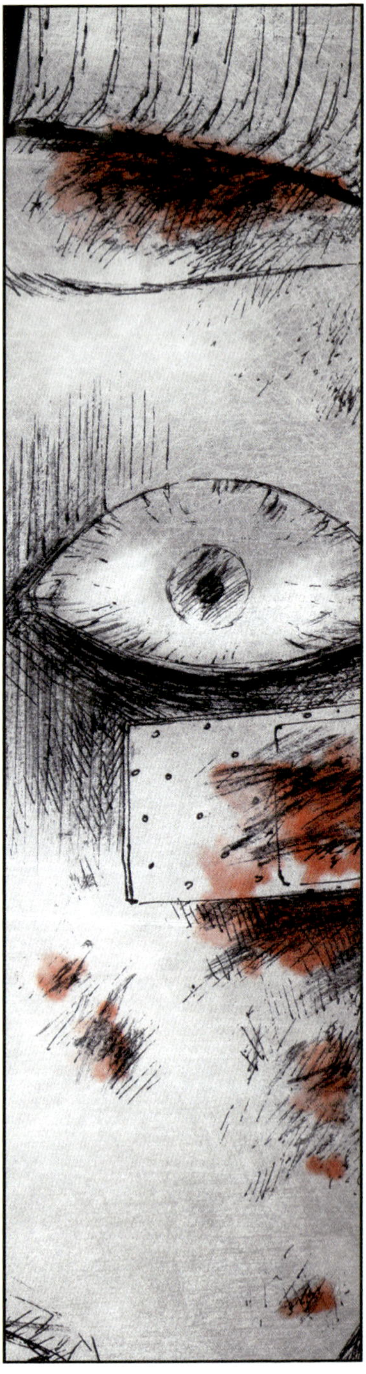

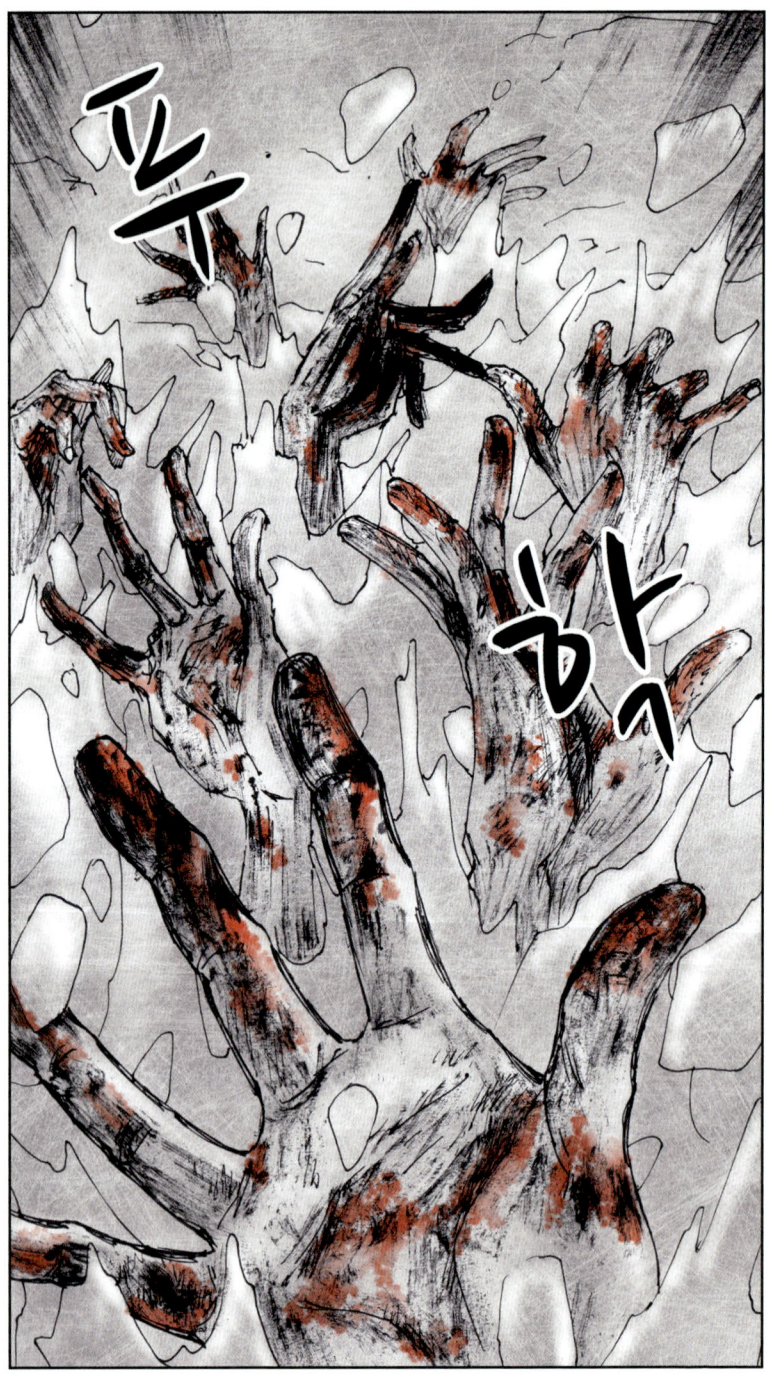

제5화

가마솥

제발…
구해주세요…

저 미친 부부가
가둬놓고 매일
살점을 뜯어요…!

이러다간
언젠가 전부
잡아먹힐 거예요!

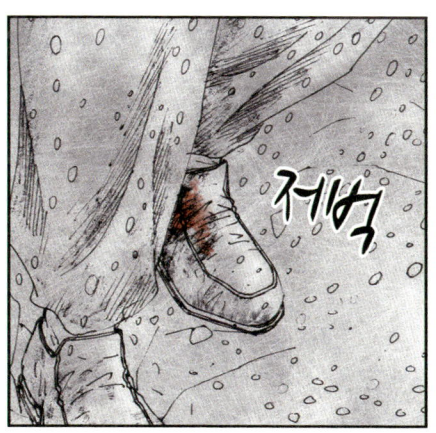

저벅

제발
여기서
빼주세요.

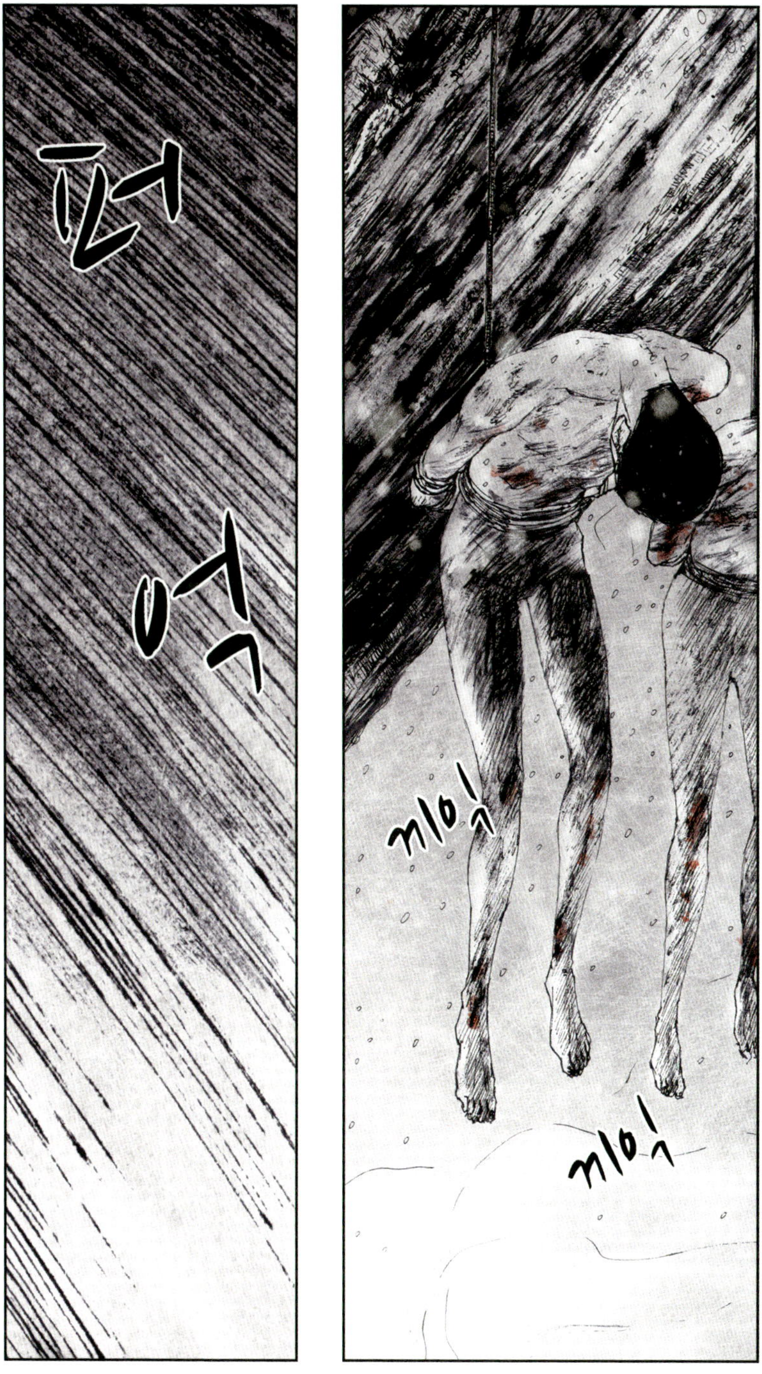

안 돼….

제발 부탁이야!

하지 마!

싹뚝

으아아악!

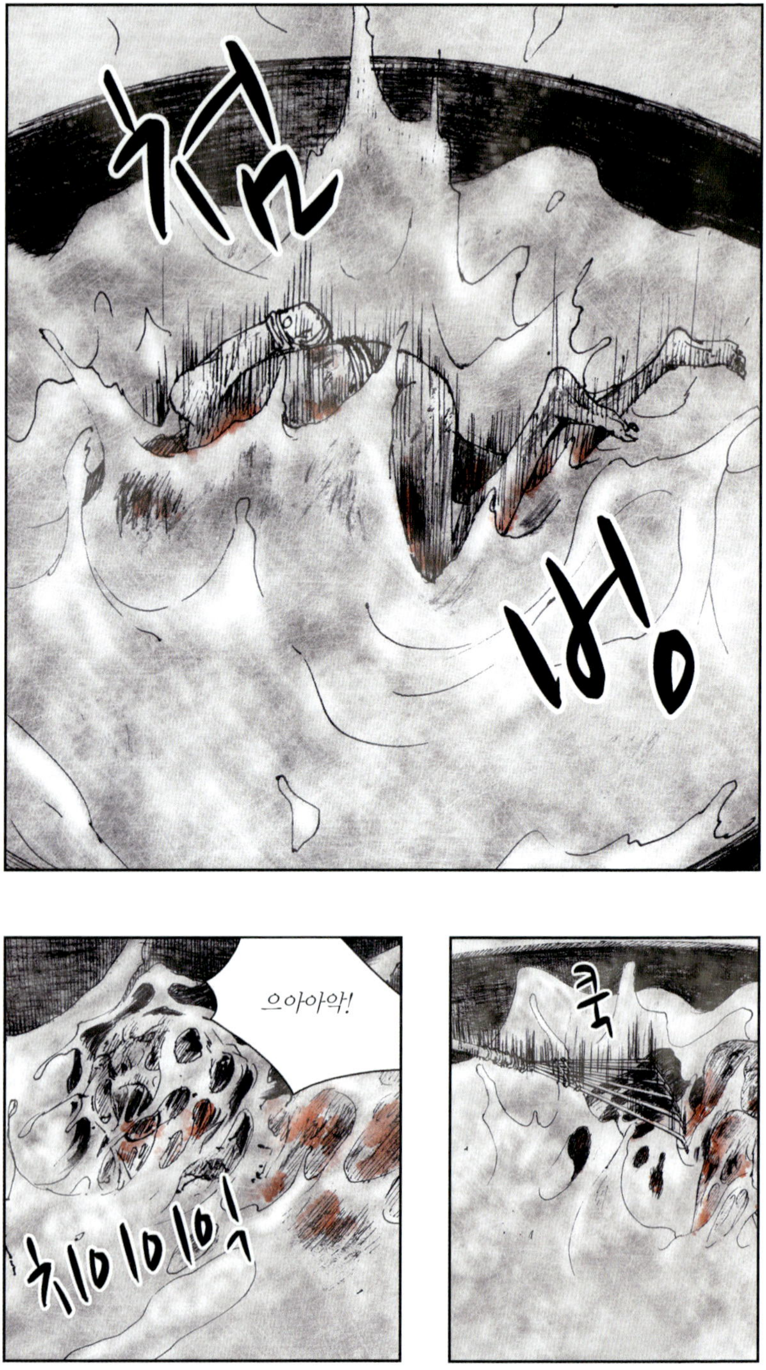

으아아악!

엄마,
저 사람 안
뜨거워요?

괜찮아.
너희들이
뜨겁진 않잖아.

엄마 말
잘 들어.

앞으로
살아가려면
남이 어떻게 되든
절대 신경 쓰지
말아야 돼.

알았지?

네…

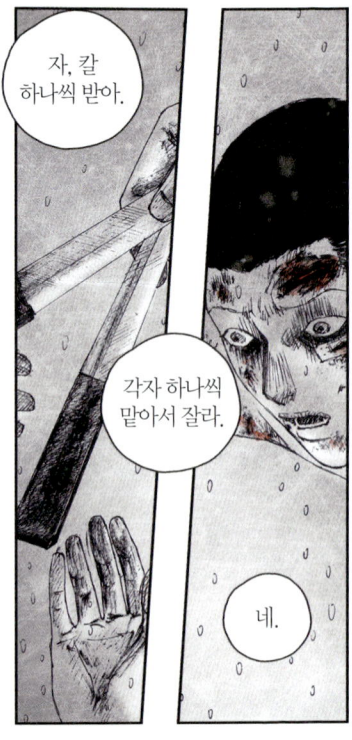

자, 칼
하나씩 받아.

각자 하나씩
맡아서 잘라.

네.

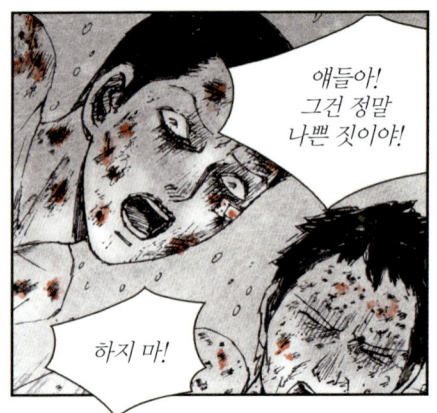

애들아! 그건 정말 나쁜 짓이야!

하지 마!

툭툭

으아악!

끄아아악!

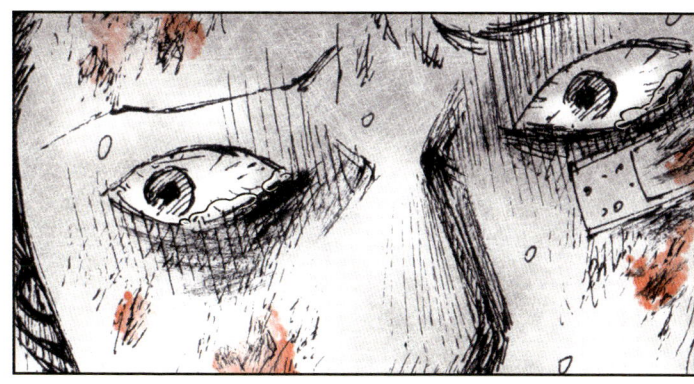

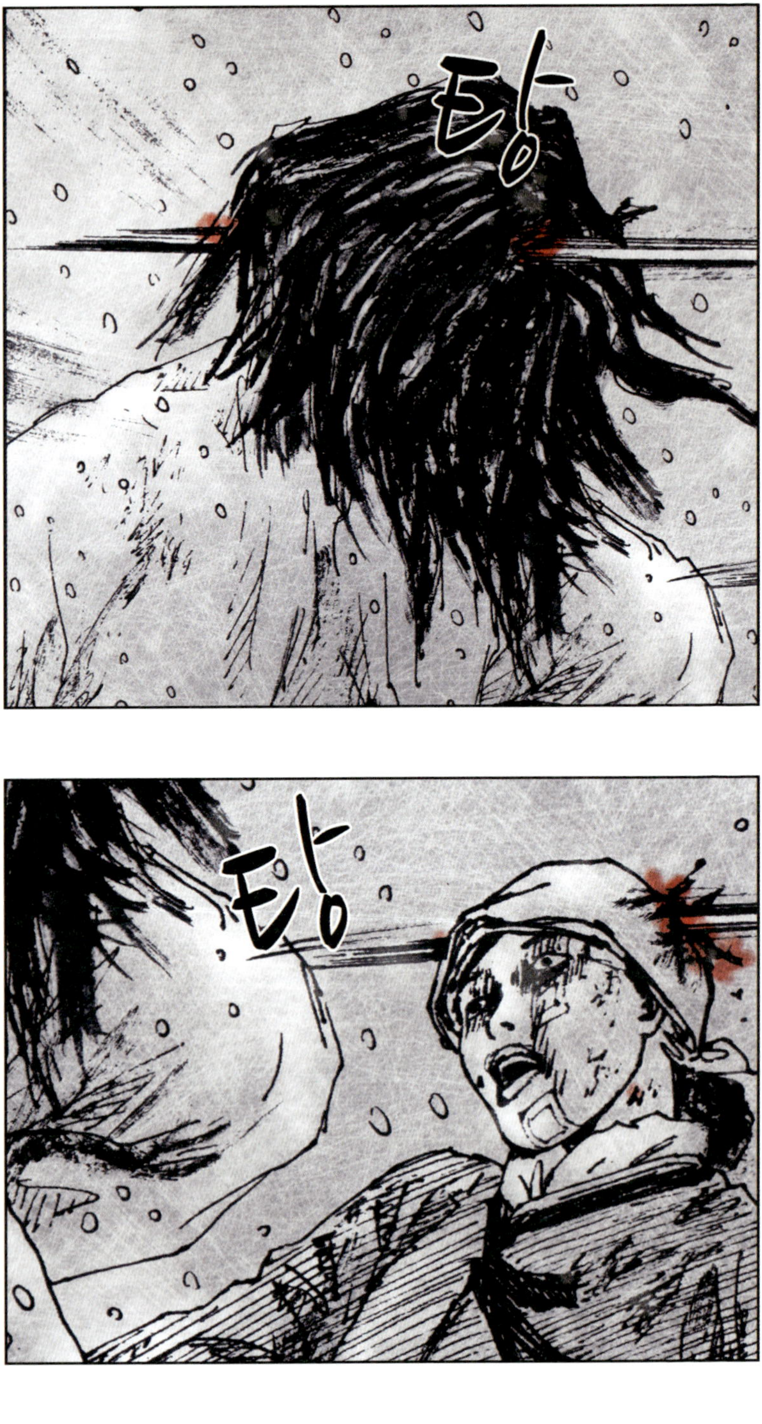
탕
탕

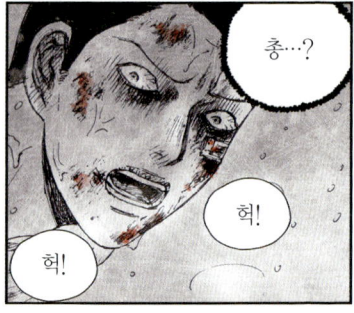

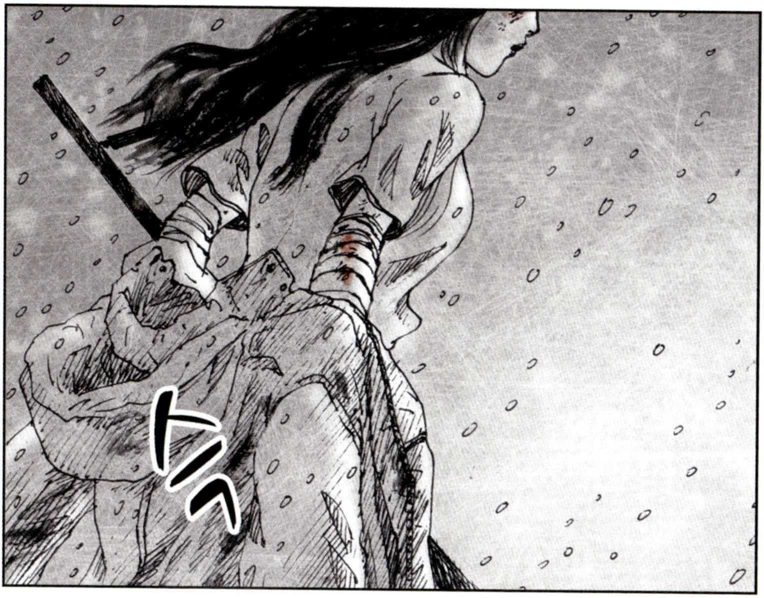

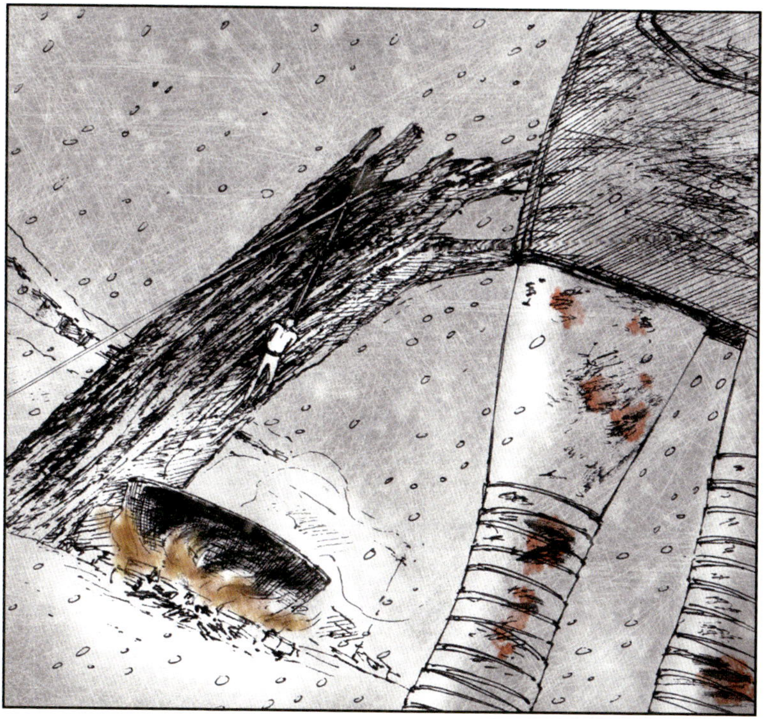

제6화

생존자

이봐요!

내 말
안 들려요?

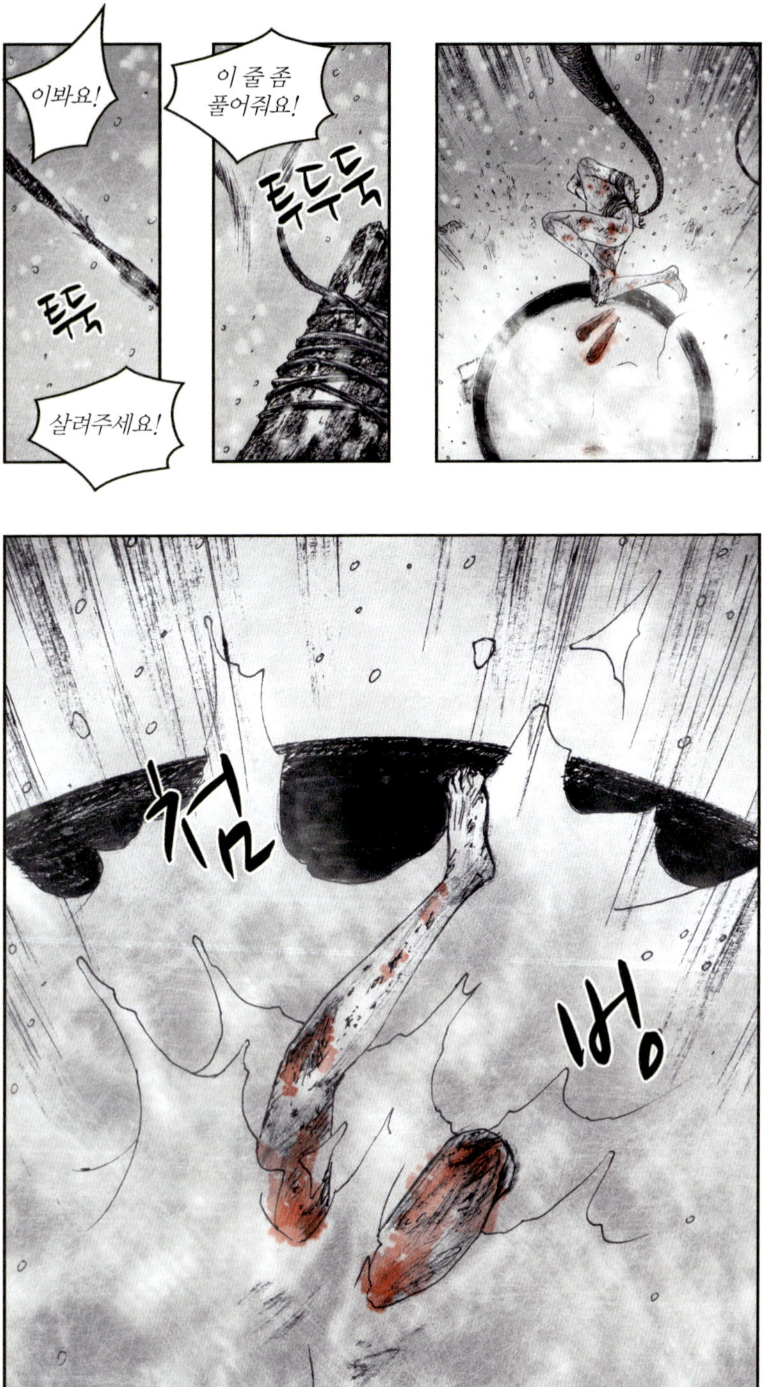

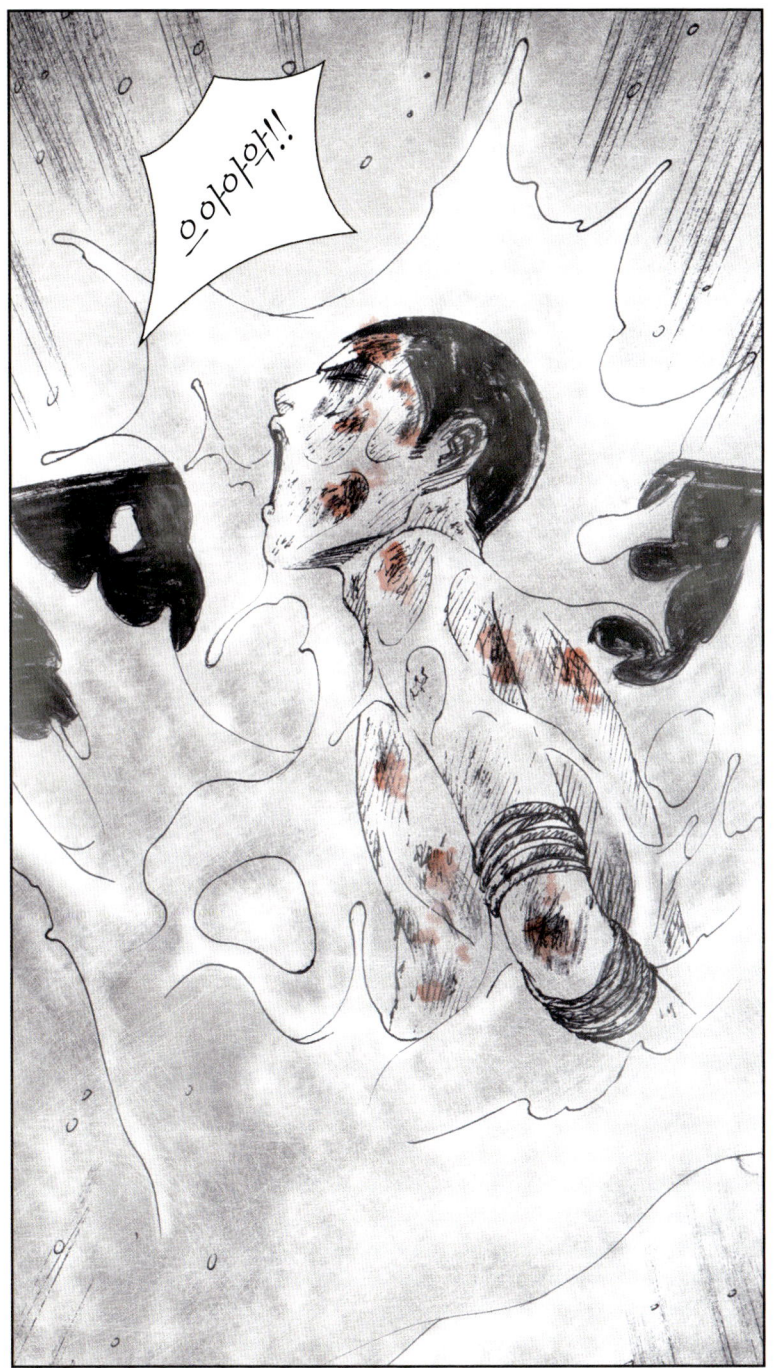

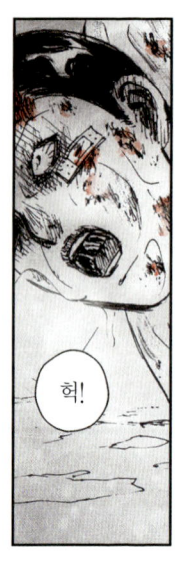

눈 때문에 불이…

잠낀만요!
몇 가지 묻고
싶은 게 있어요!

전 대구에서 아내와 헤어지게 됐습니다!

이봐요!

여기서 꺼내주세요!

당신이 알고 싶은 거 우리가 알려줄 테니까!

죽은 여자 주머니에 열쇠가 있을 거예요!

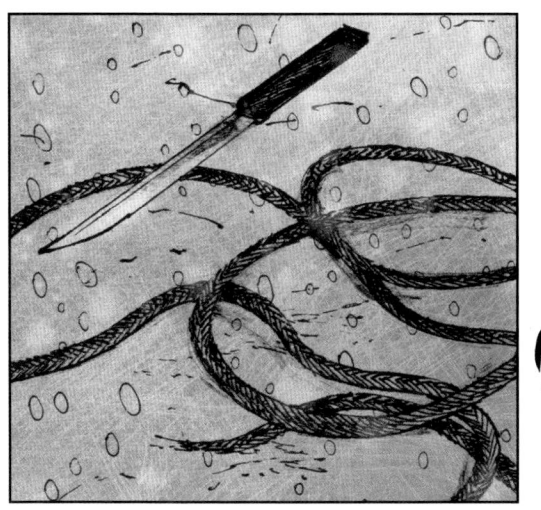

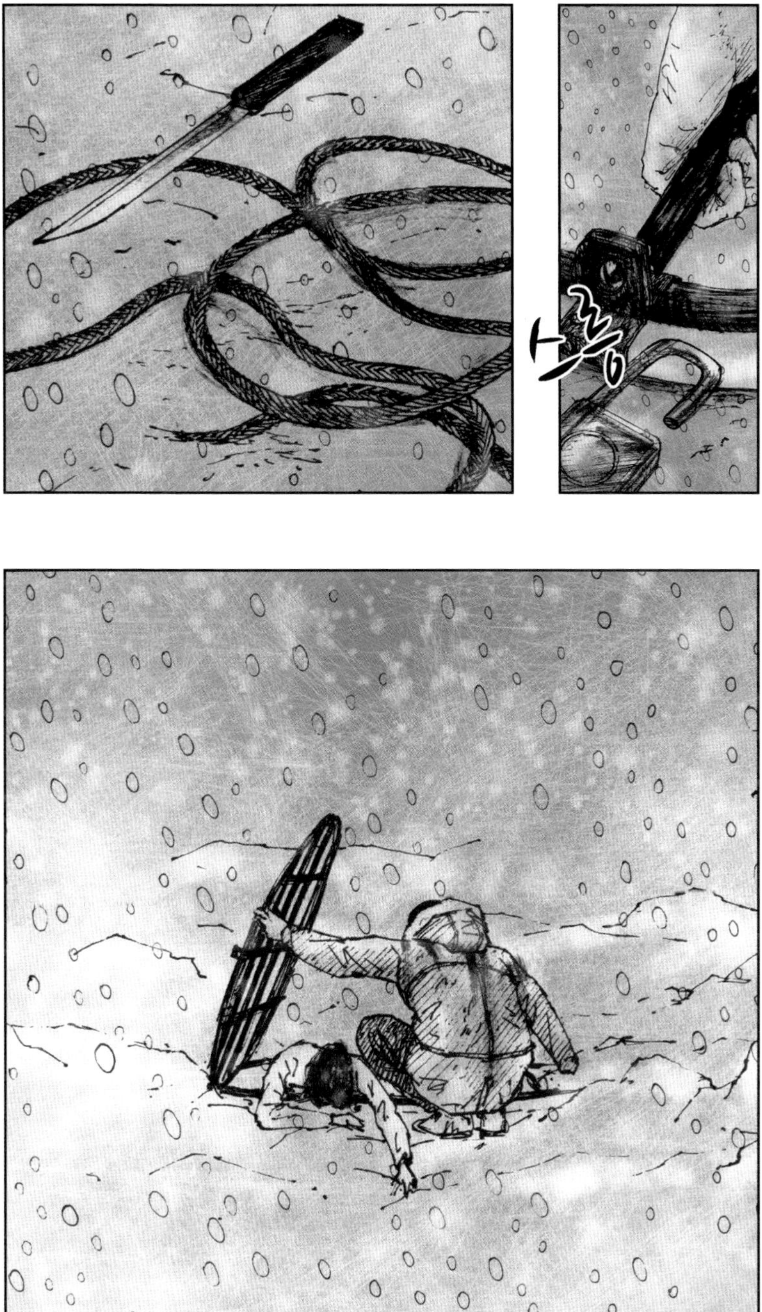

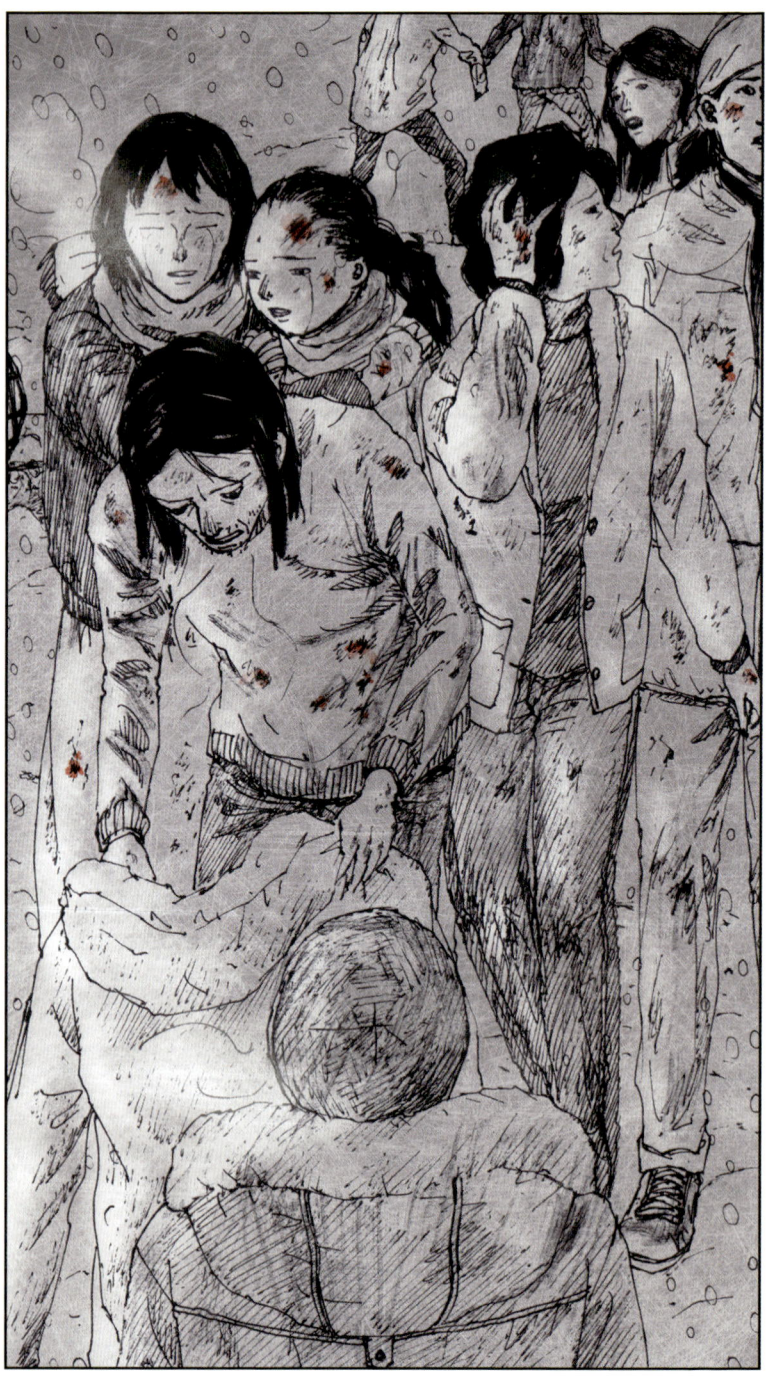

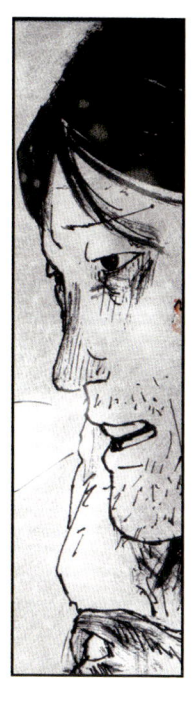

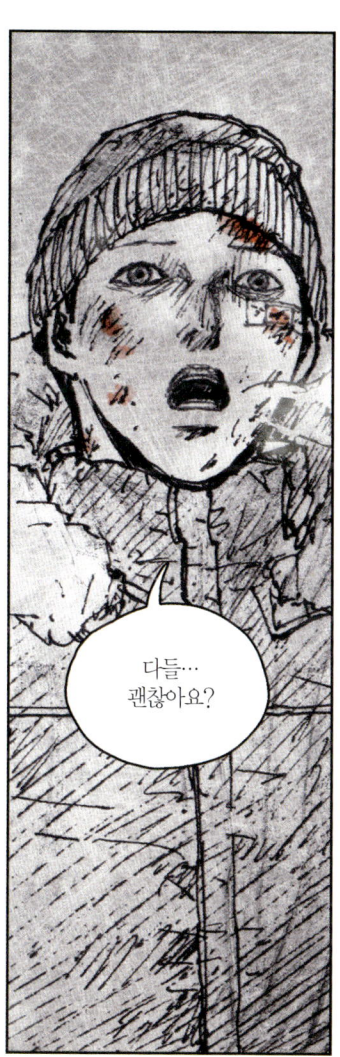

다들…
괜찮아요?

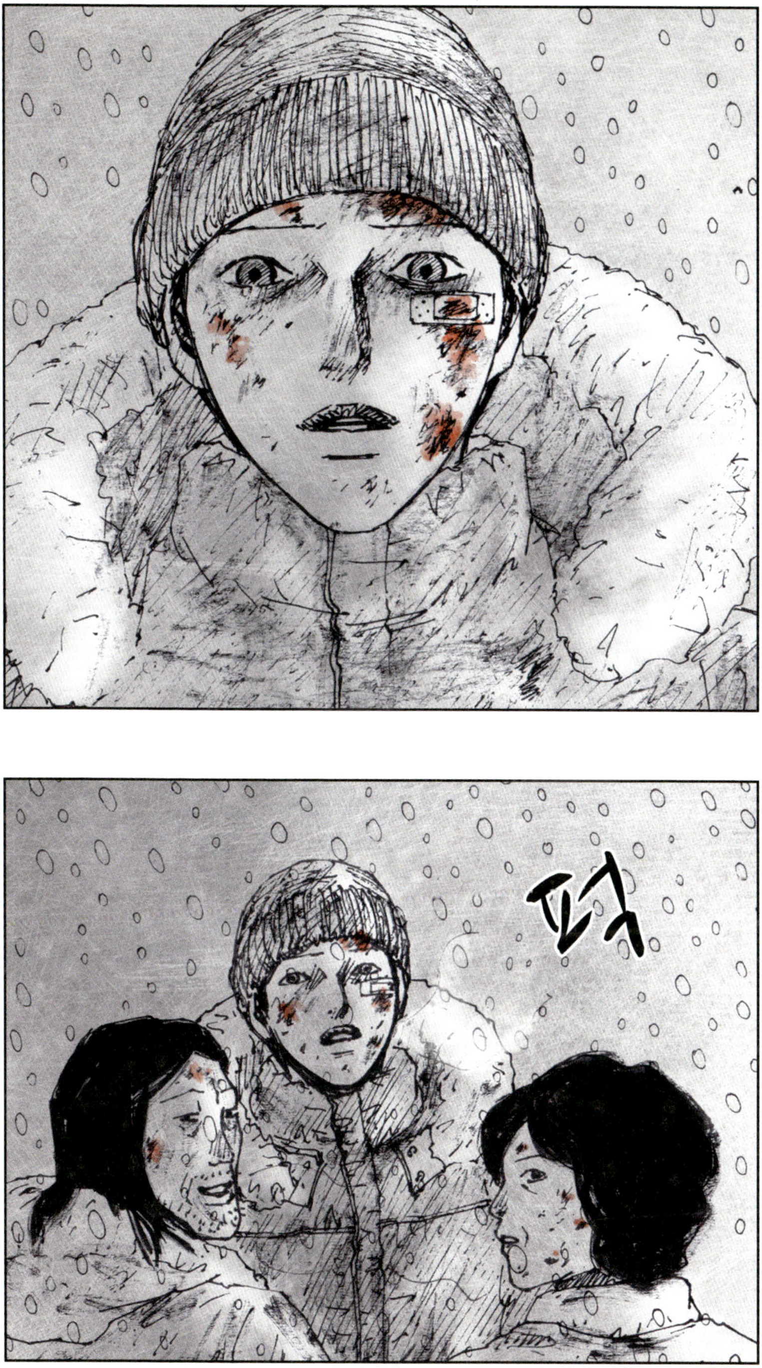
퍽

뗙

이런
개자식!

뗙

뗙

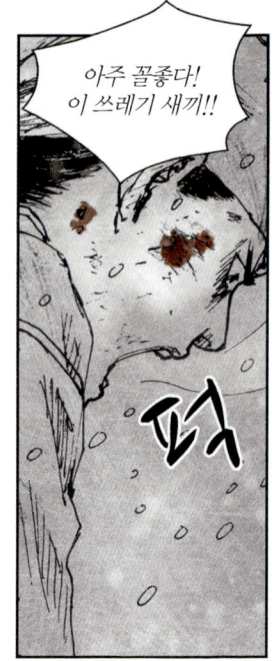

아주 꼴좋다!
이 쓰레기 새끼!!

뗙

그만해!
이미 죽었어!

아저씨는
열받지도
않아요?

아까
소리 지른 게
아저씨였죠?
분명 대구 사람들
소재를…

그 얘긴
나중에 합시다.

빨리 여길
벗어 나야해요.

이놈들은
아직도 더…

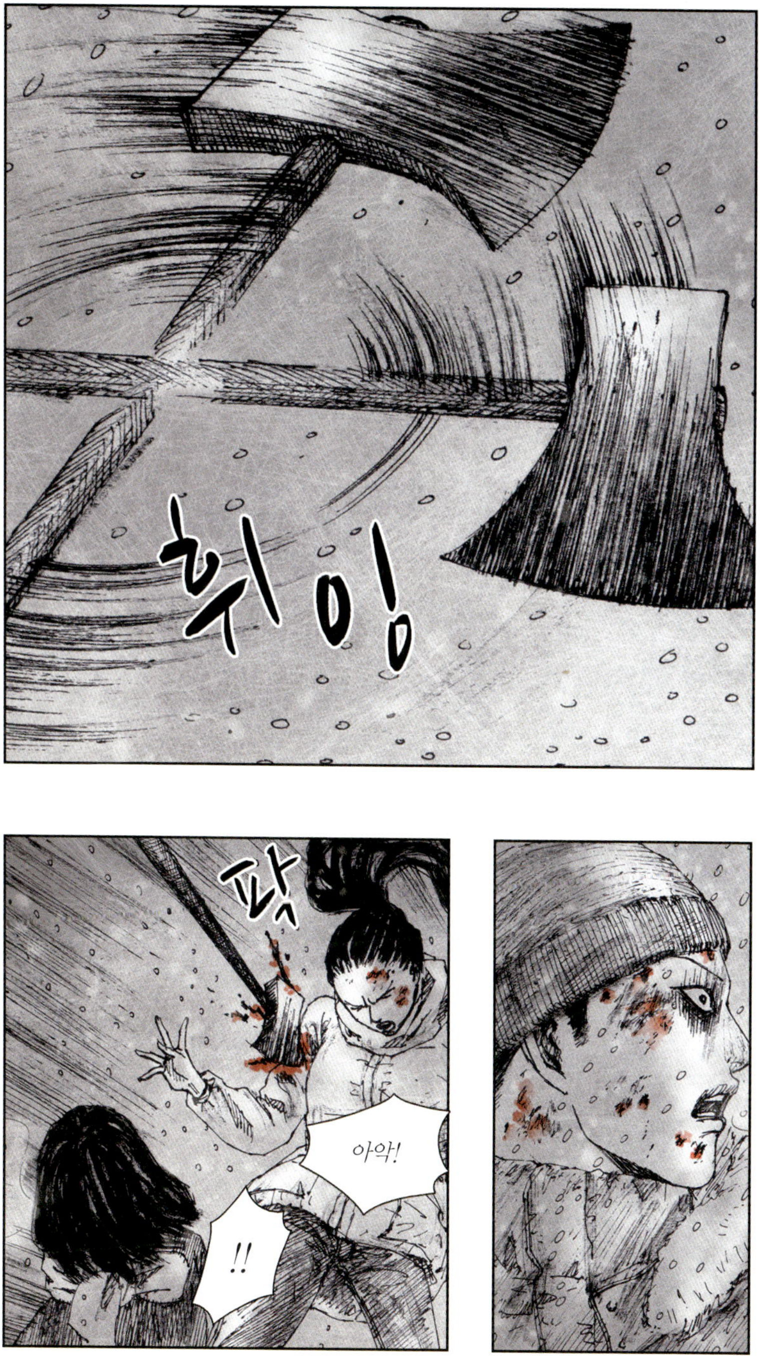

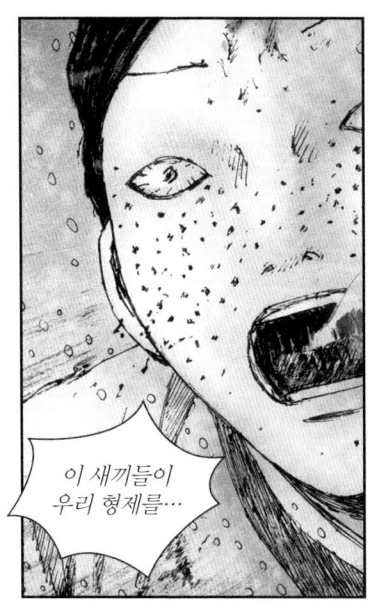

이 새끼들이
우리 형제를…

빨리
도망쳐요!

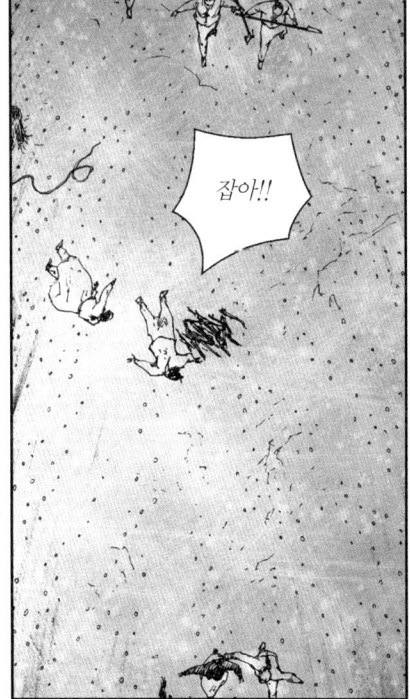

잡아!!

헉!

!

털썩

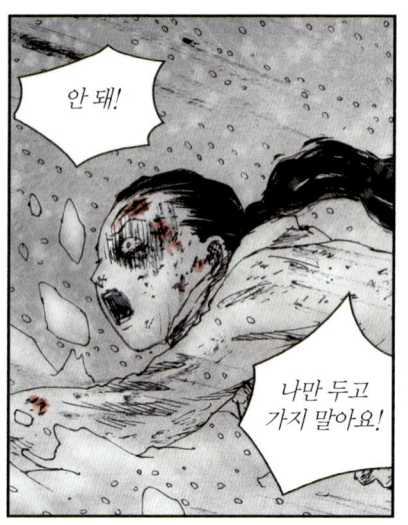

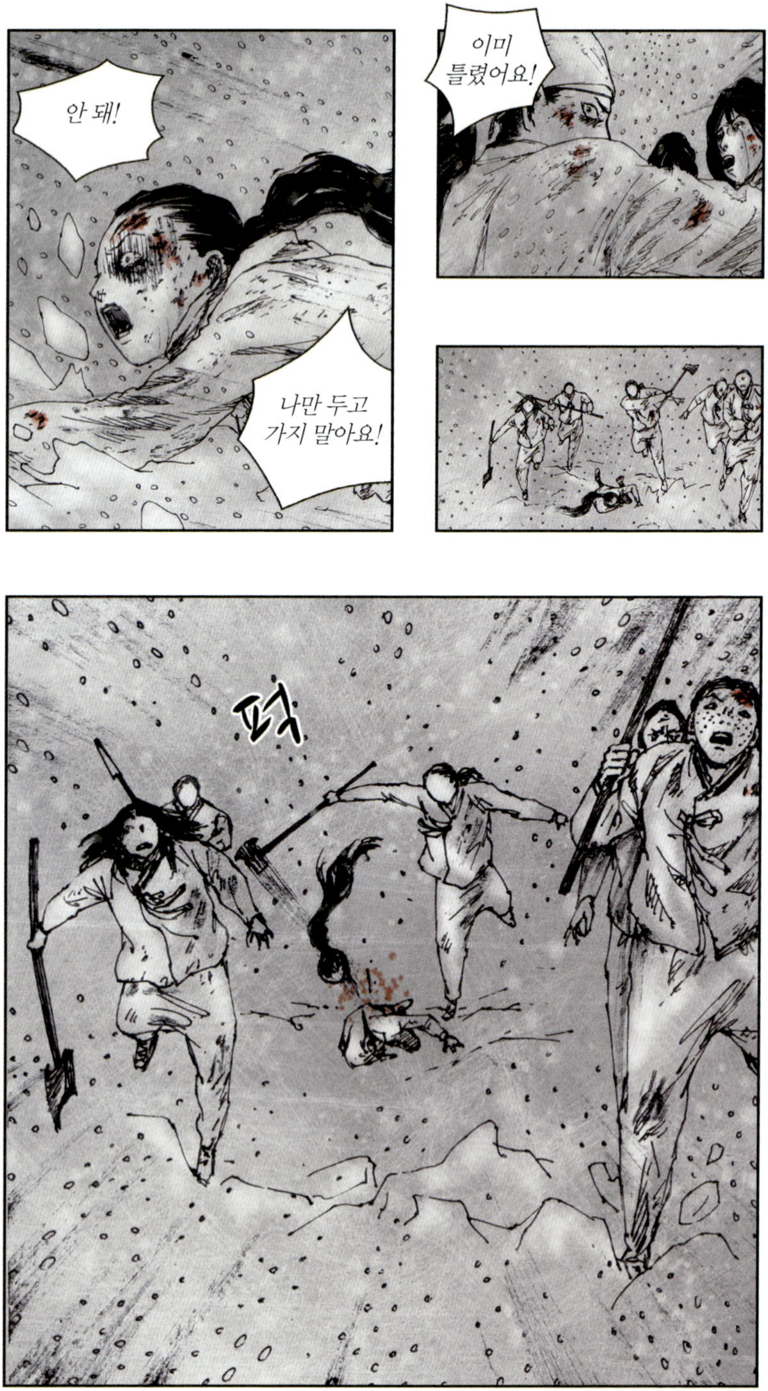

안 돼!

나만 두고
가지 말아요!

이미
틀렸어요!

뻐

제길! 분명
이 근방에…

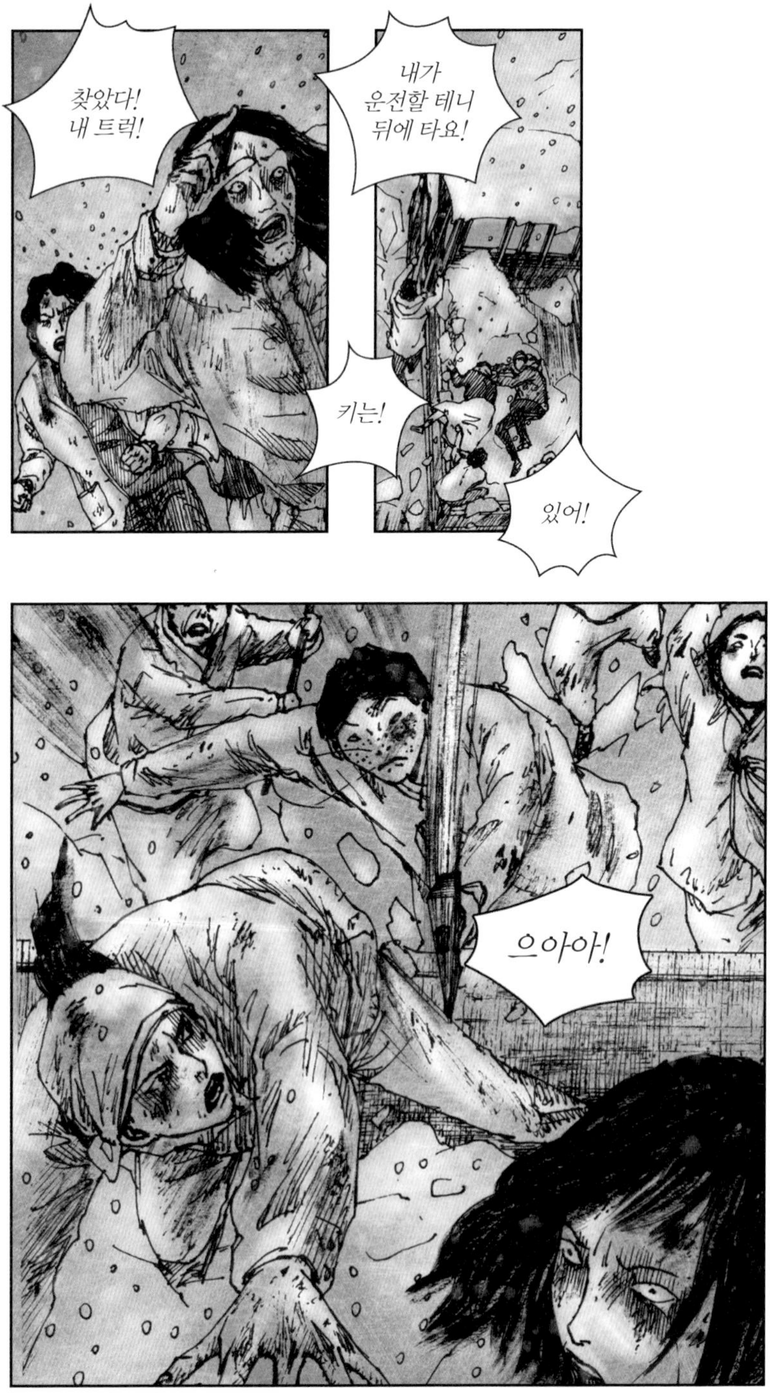

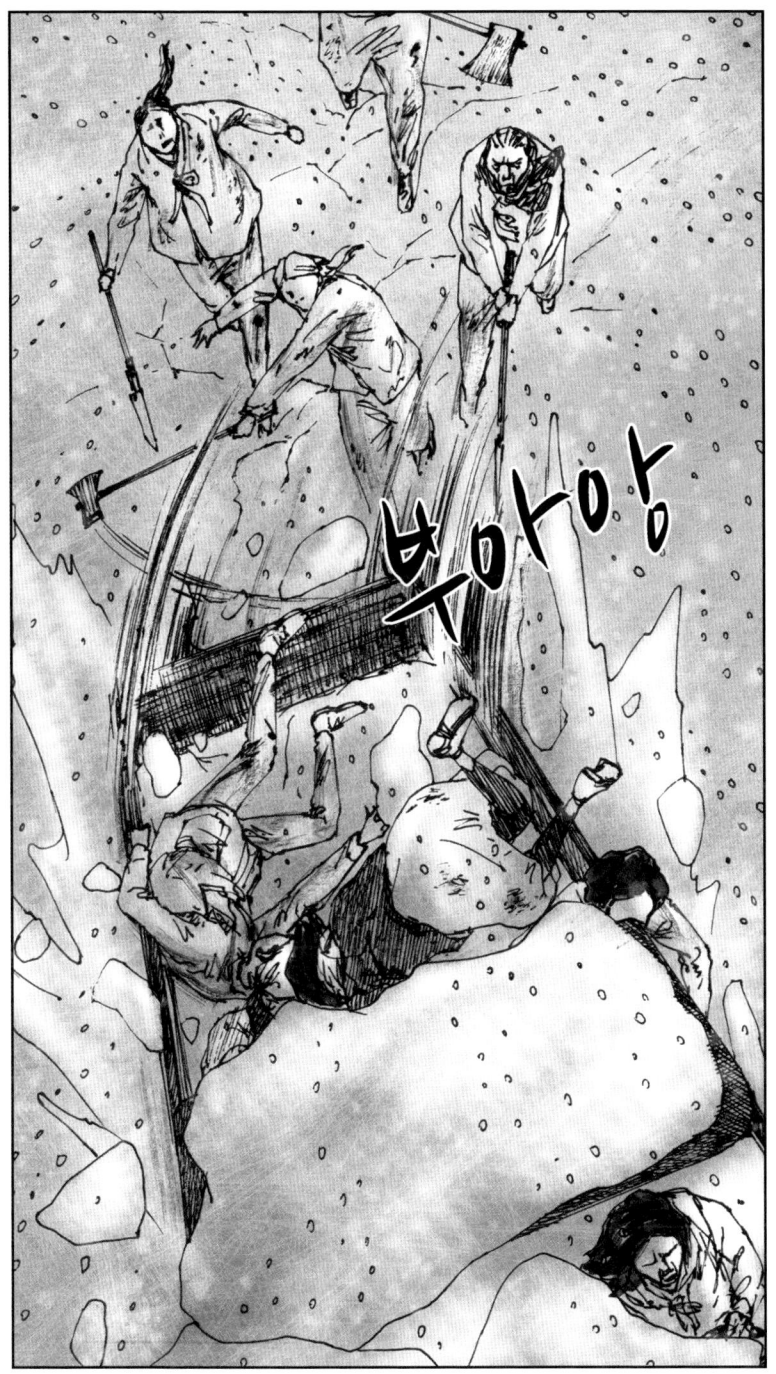

뭐라구요?

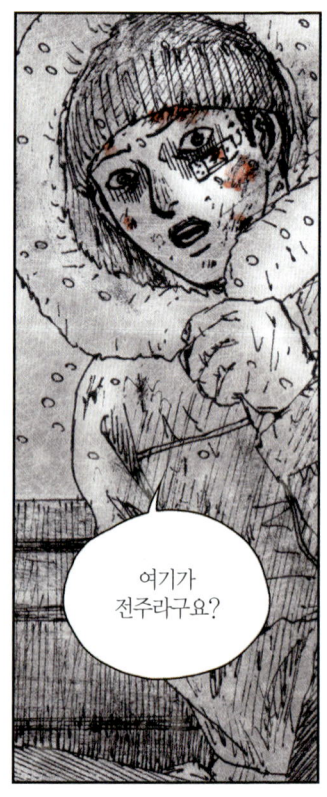

여기가
전주라구요?

그럴 수가…
난 대구에
있었는데.

저희도
다 대구에서
왔어요.

군인들이
빨리 피신처를 옮겨야
한다며 이곳까지 데려와놓고
어느 날 갑자기 우릴
버리고 어디론가로
가버렸어요.

생필품, 먹을 것…
아무것도 남기지
않은 탓에 많은 사람들이
굶어 죽었어요.

그런데 누군가가
사람의 시체를
먹게 되었고 그게
지금처럼…

그럼…대구의
피난민들은?

모두 이 주변에서
뿔뿔이 흩어졌어요.

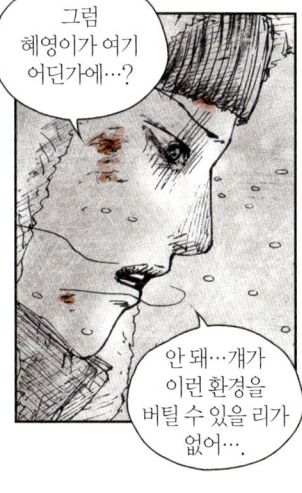

그럼
혜영이가 여기
어딘가에…?

안 돼…걔가
이런 환경을
버틸 수 있을 리가
없어….

157

저도 남편과
아이를
잃어버렸어요.

그…그럼…
어쩌면…

그쪽하고는 달리
서울에서부터 헤어져서
어떻게 찾아야 할지
막막하기만 해요.

아무도 도와주는
사람이 없었어요.
제가 할 수 있는 일이
아무것도 없더라고요.

하지만…

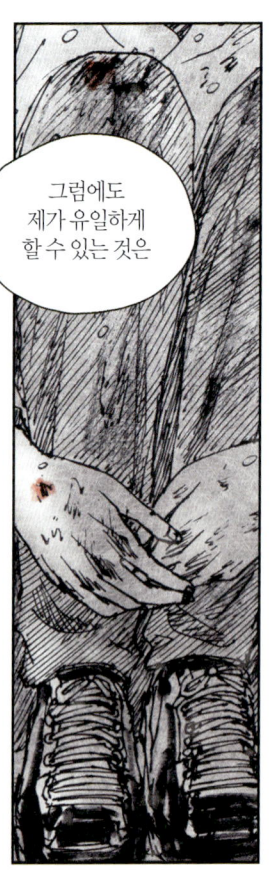

그럼에도
제가 유일하게
할 수 있는 것은

함께 찾읍시다.

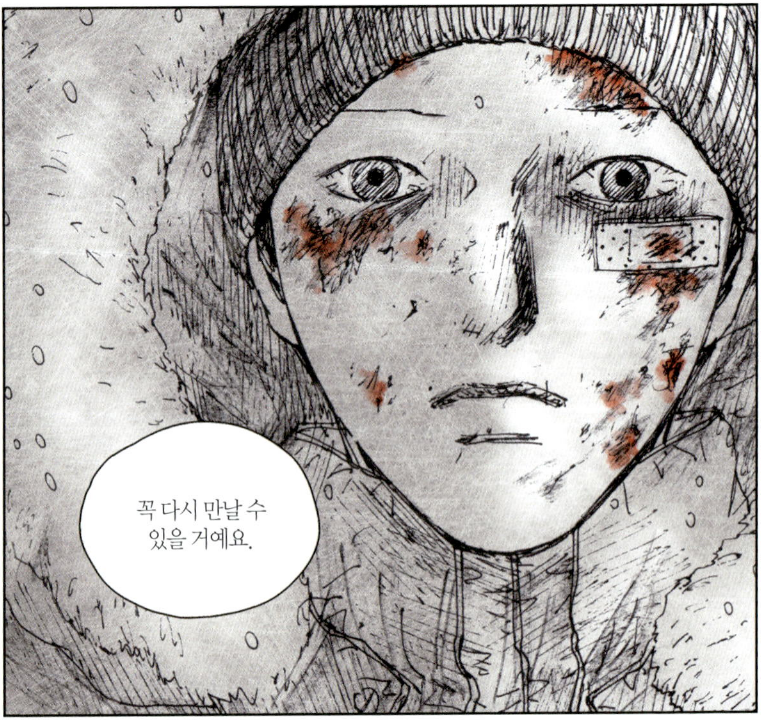

꼭 다시 만날 수 있을 거예요.

저 아줌마
또 시작이네…

구덩이
안에서도 살 수 있다고
믿으라니 뭐니 사람
짜증 나게 하더구만…

부스럭

뭐지…?

쥐인가…?

배고파!

혁!

으아아악!

뭐야!
이거!!

이봐!
거기 무슨
일이야!

으악!!

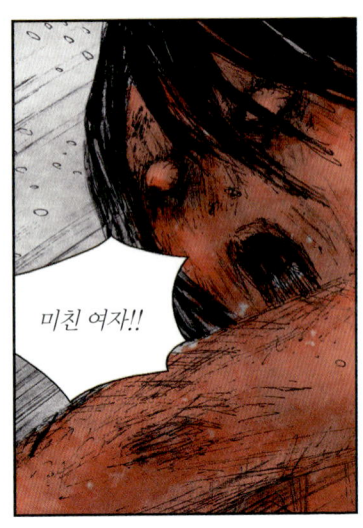

미친 여자!!

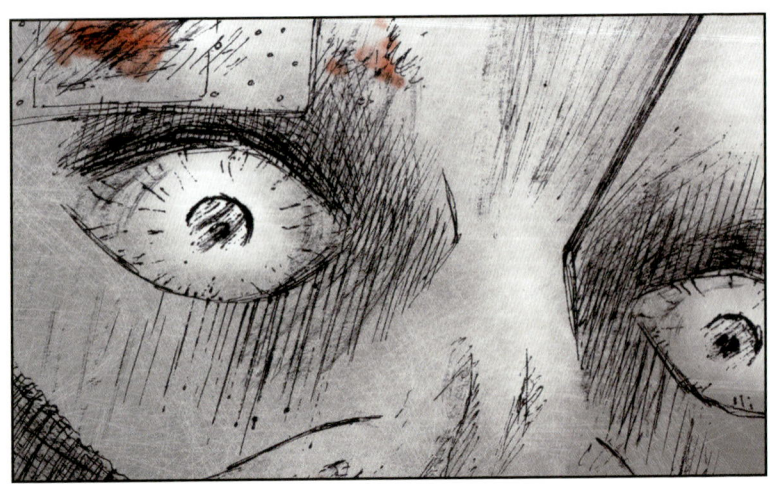

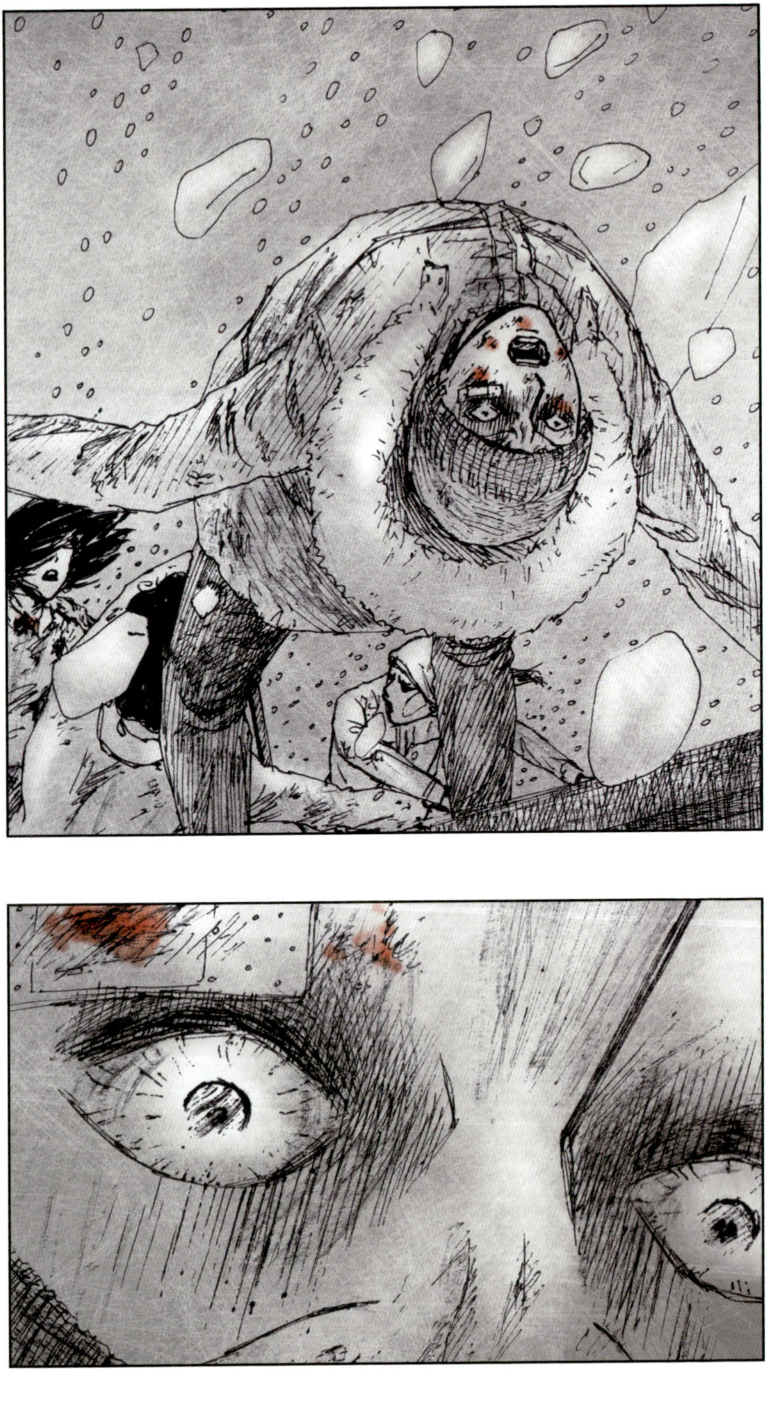

제7화

늪

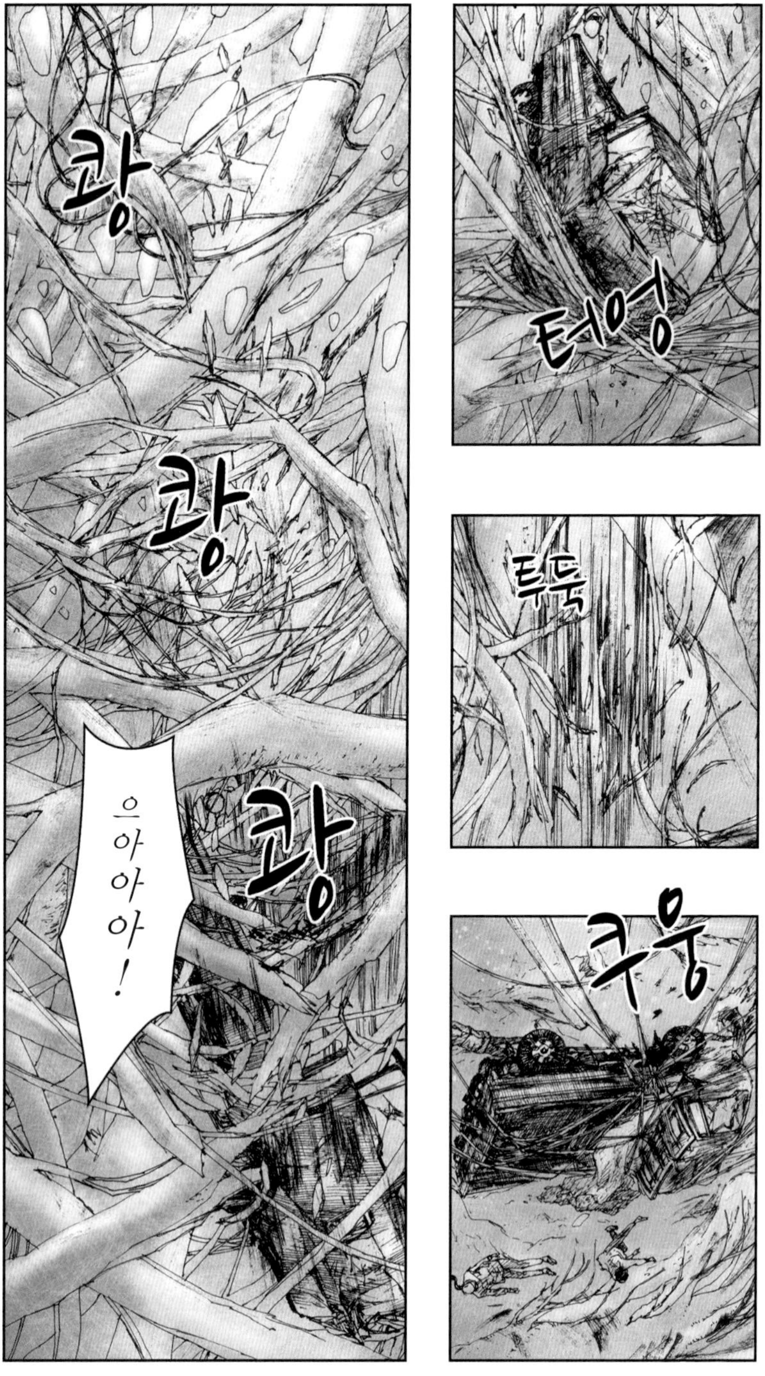

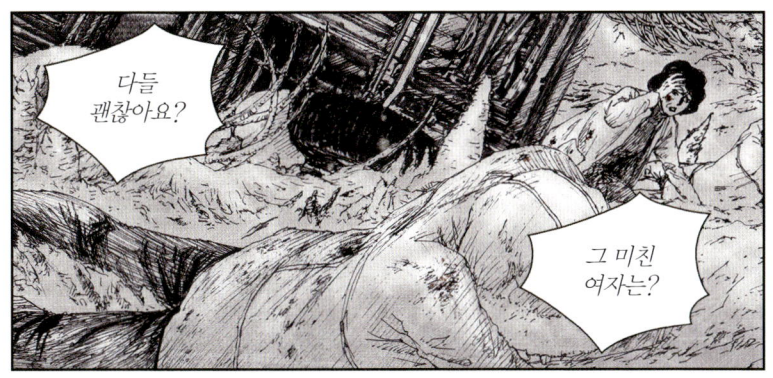

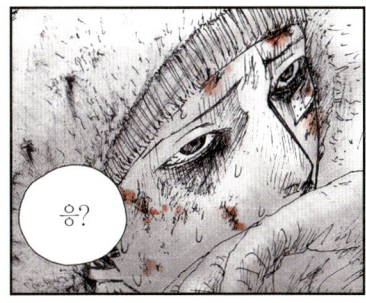

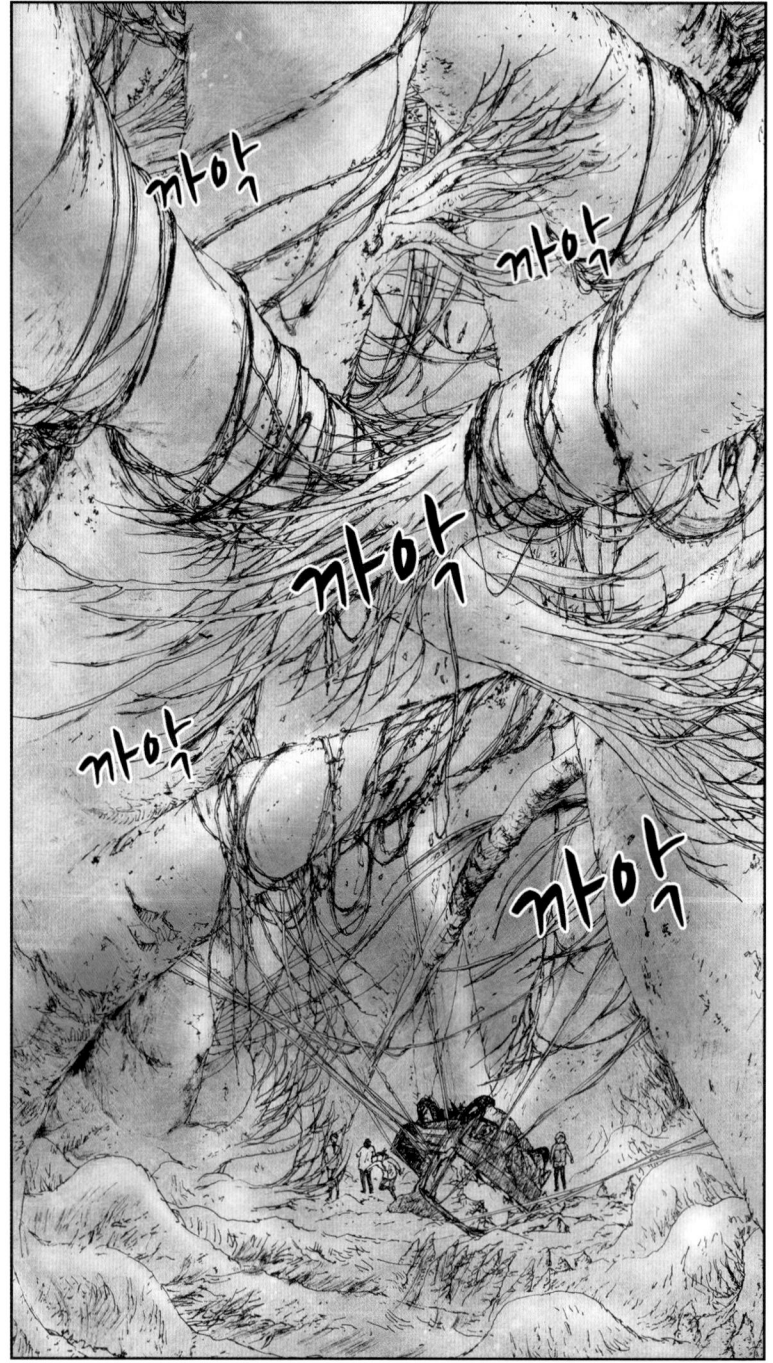

이 재수 없는
까마귀 소린
또 뭐야!

세상에나…
나무가
왜 저렇게 커?

이럴 수가
…

한국… 아니
세상 어디에도
이렇게 큰 나무는
존재하지 않아!

그렇다면
설마…?

아우윽…

현지야
괜찮아?

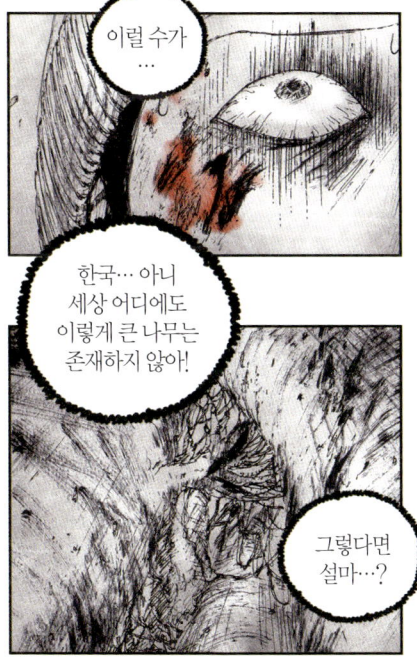
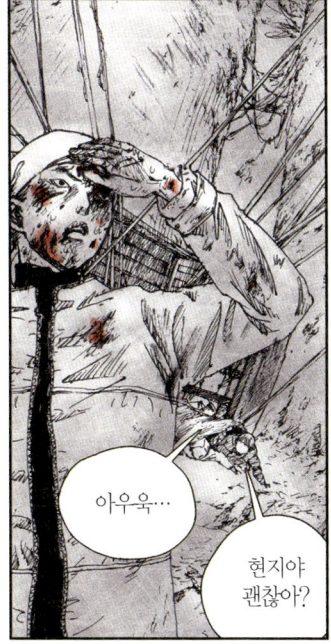

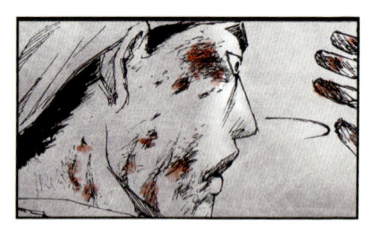

그러고 보니
잊고 있었군!

쥐새끼들이
숨어 있었지?

니들을
어떻게 해야 할까?

우리가
당했던 것처럼
살점을 하나씩
떼주리?

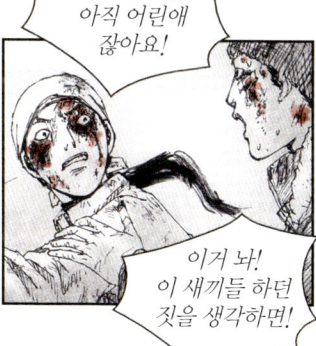

잠깐만요!
아직 어린애
잖아요!

이거 놔!
이 새끼들 하던
짓을 생각하면!

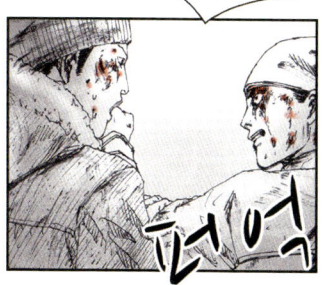

펑 억

끼역

끼역

이 빌어먹을
새끼들!
니들 때문에!
니들 때문에!

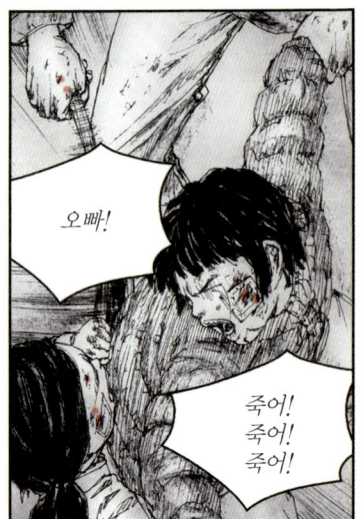

오빠!

죽어!
죽어!
죽어!

하하!
아저씨!
잘하고 있어요!

아주머니!
좀 말려 보세요!

악마의 자식
들이야…
죽어야 해.

저…
저 애들은
사람을 잡아
먹었어.

당장 그만
두세요!

당장!

그 애들이
뭘 잘못했다는
거예요!

푸드득

그저 부모가
시키는 대로…

응?
뭐지?

곽

아아…

푸학

곽

아…

끄아악!

대…대체
저건 뭐야!

까마귀 같은데
왜 저렇게
크지?

이상하게
큰 나무와
동물들…

틀림없어!
이 현상은…

턱

으아아악!!

!!

쿠당탕탕

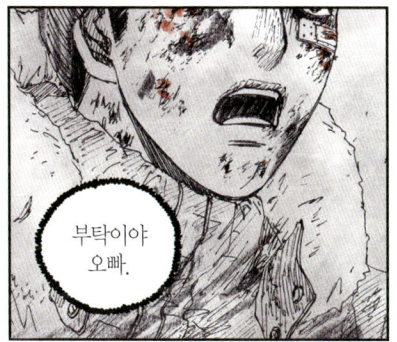

조금만 힘내라!
저 나무만
올라타면…

심장…

아이의
심장이
필요해….

오빠!!

현지야!

심 연 의 하 늘
YLAB

제8화

둥지

현지야!

오빠!

꾸륵

꾸르륵

!!

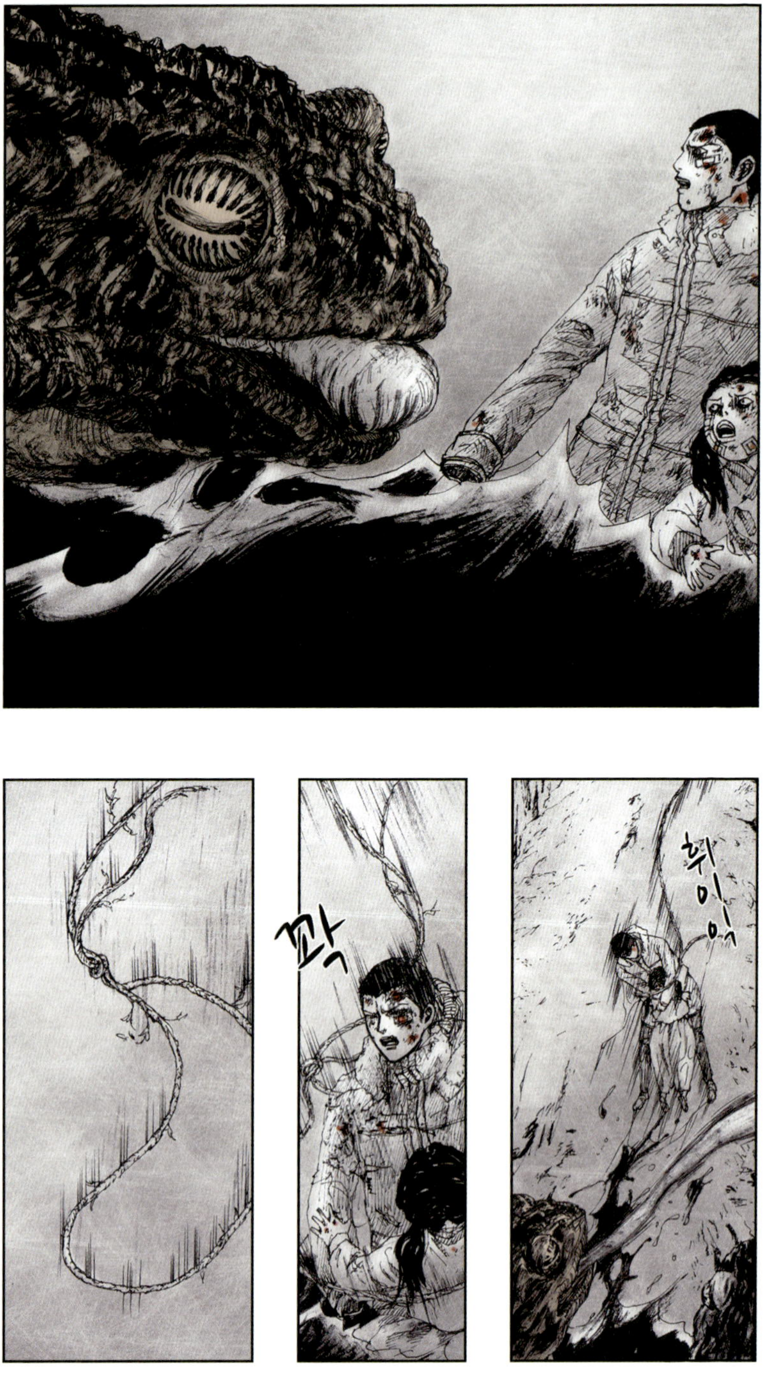

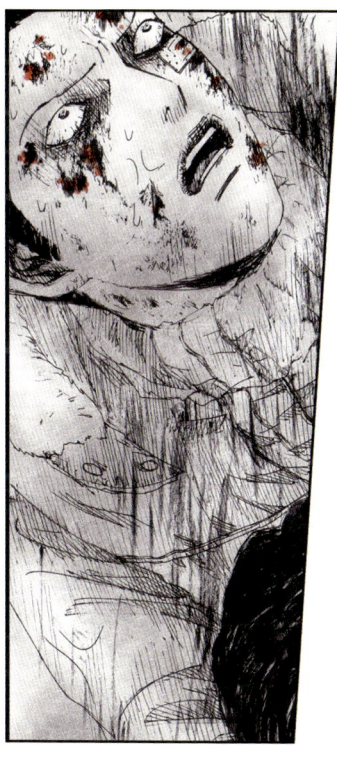

고맙습니다.
덕분에
살았어요.

어휴, 뭘요!
저희 역시 덕분에
살았는걸요.

그보다 운이
좋았어요.

아~
거 아줌마.
말 섭섭하게
하시네.

운이 아니라
실력이에요.

배를 한
3년 타봐요.
그깟 밧줄쯤이야
…

아, 뱃사람
이셨어요?

……

그나저나
정작 저 지지배는
고맙다는 인사도
안 하네.

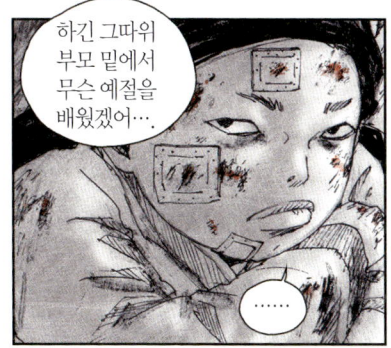

하긴 그따위
부모 밑에서
무슨 예절을
배웠겠어….

……

방금
그 두꺼비랑
까마귀는 뭐야?

도대체 뭐가
잘못됐길래 저리
커진 거지?

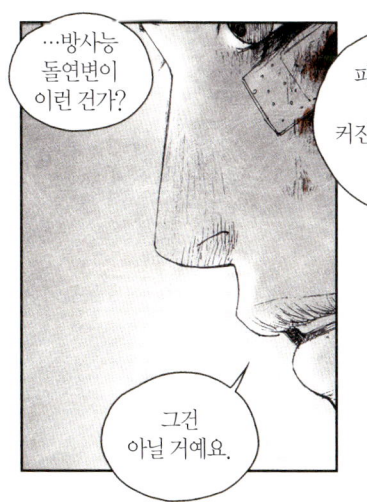

…방사능
돌연변이
이런 건가?

그건
아닐 거예요.

아무리
피폭된다 해도 저렇게
원형을 유지한 채
커진다는 건 유전학적으로
있을 수 없는
일입니다.

설사 그게
가능하더라도
몇 세대는 거쳐야만
하는데 지금은…

아, 드럽게
유식한 척하네.
좀 배웠수?

이상한 건
그것만이
아니에요.

나무 종류,
토양, 수질, 대기의
산소 농도… 환경적인
요소에서 한국에서
볼 수 없는…

그럼 댁은
원인이 뭐라고
생각하는데?

짐작 가는 건
있다…

하지만…

죄송합니다,
그건…

에이 씨!
장난하나…

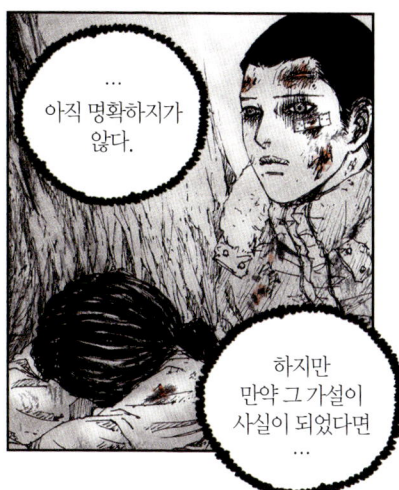

… 아직 명확하지가 않다.

하지만 만약 그 가설이 사실이 되었다면…

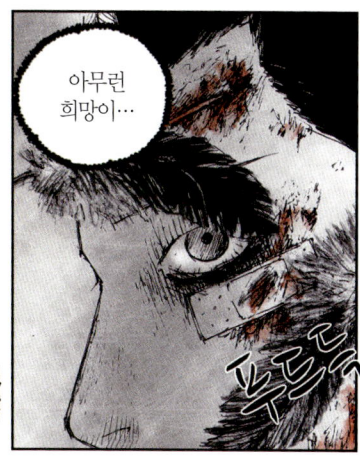

아무런 희망이…

푸드득

방금
봤어요?

그트럭
몰던 아저씨
…!

뭘 남 일처럼
얘기하고
있어요!

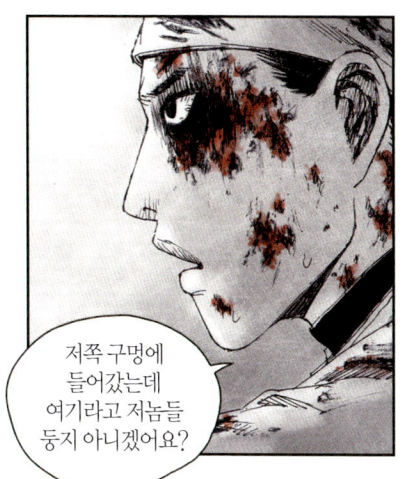

저쪽 구멍에
들어갔는데
여기라고 저놈들
둥지 아니겠어요?

빨리
도망쳐야 돼요!

아저씨!
빨리
내려가요!

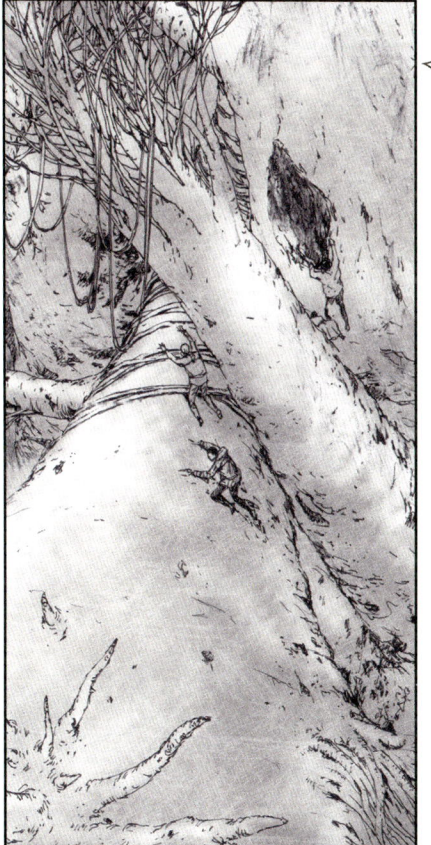

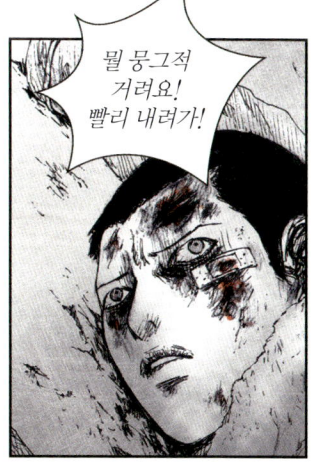

뭘 뭉그적
거려요!
빨리 내려가!

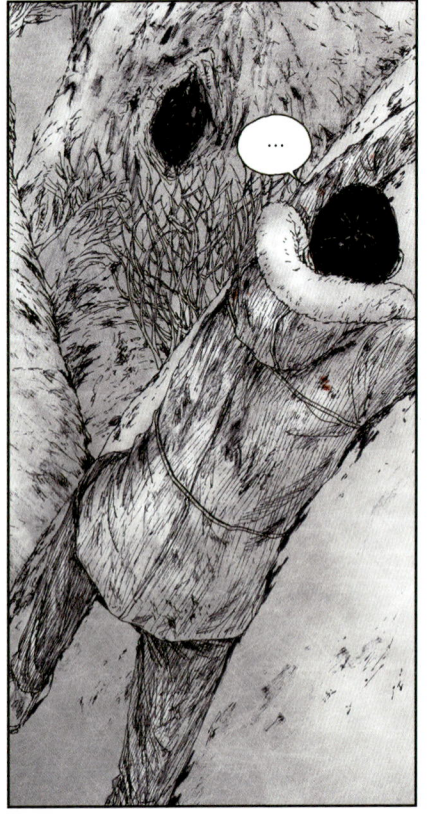

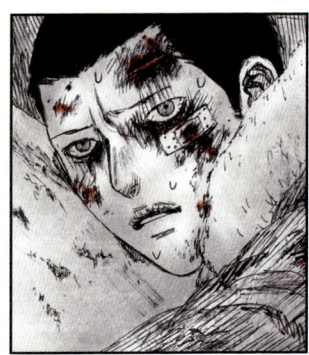

아저씨!
어디 가요!

이봐요!

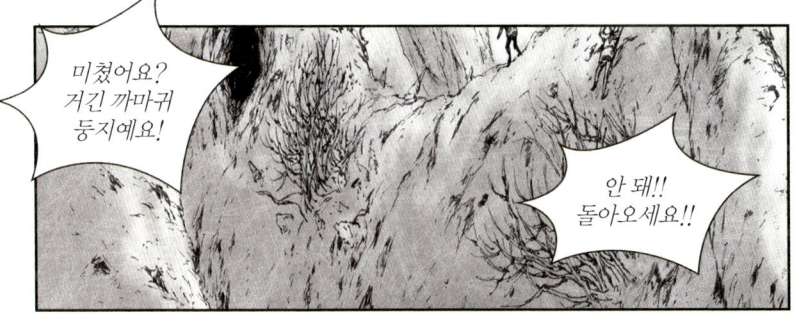

미쳤어요?
거긴 까마귀
둥지예요!

안 돼!!
돌아오세요!!

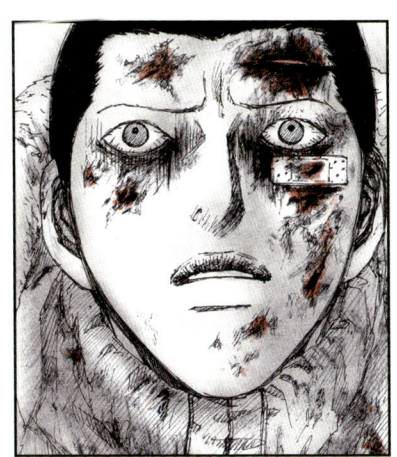

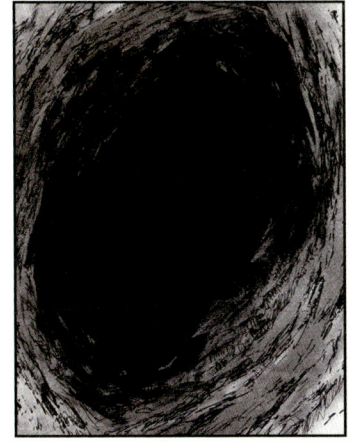

결국
들어갔어…!

왜 이렇게
사람이
좋은 거야!

짜증 나게
…

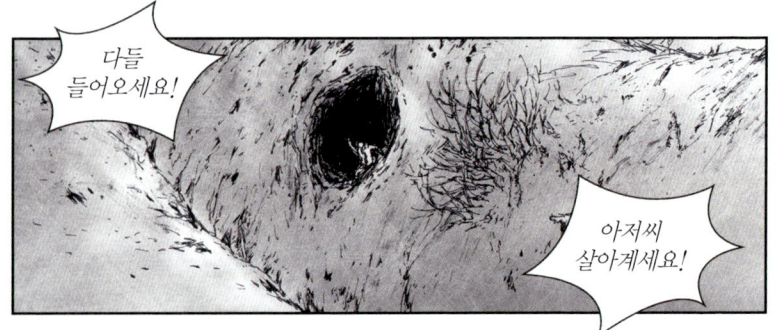

다들
들어오세요!

아저씨
살아계세요!

안전하니까
들어오세요!

뭐?

뭐야…
이건?

그보다 좀
도와주세요!

이 분
응급처치를…!

까마귀들이
모두 죽었잖아!

으…
으윽…

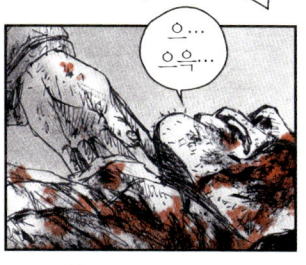

설마 이거
아저씨가…?

까마귀…
고기…

그럴 리가
있겠어요?
오니까
죽어 있었어요.

深淵

심연의 하늘

Ylab

제9화

성당

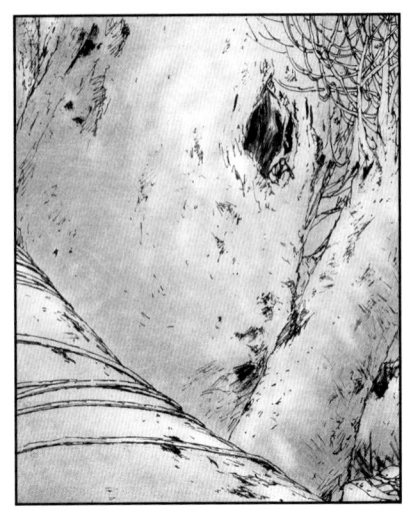

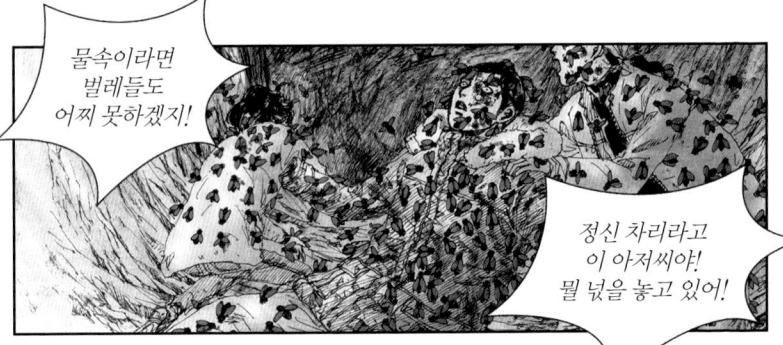

됐어!
벌레들을
떼어냈어!!

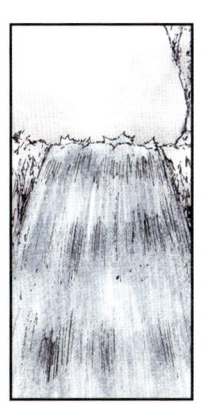

으아악!!

으윽…!

싸아아아

쿵

우…우리 아직 살아 있죠?

중간에 턱이 있었나봐요!

정말 운이 좋았어.

일단 여기서 벗어나요!

물살이 점점 세질 거예요! 휩쓸릴 겁니다.

응?

저기 뭔가가 빛나는데요?

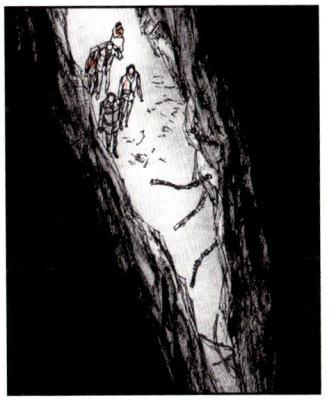

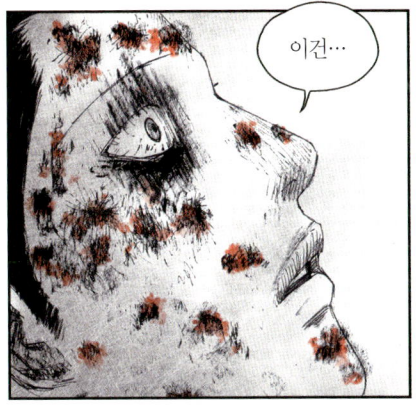

이건…

이…이건
성당?

오…
주여…

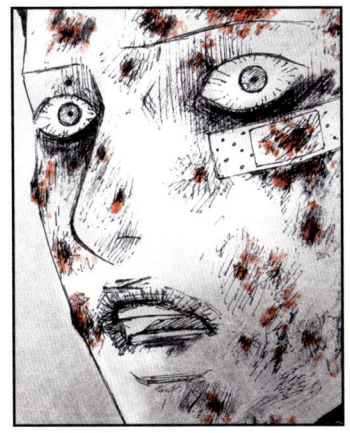

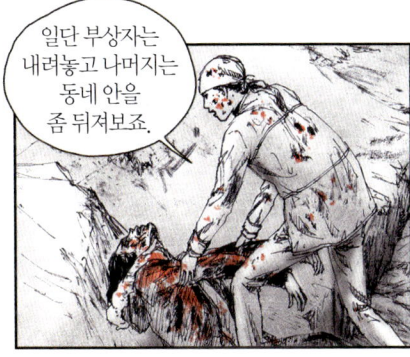

일단 부상자는 내려놓고 나머지는 동네 안을 좀 뒤져보죠.

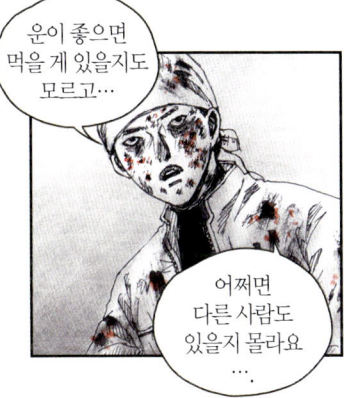

운이 좋으면 먹을 게 있을지도 모르고…

어쩌면 다른 사람도 있을지 몰라요 …

하지만…

우리가 기대했던
것은 아무것도
얻을 수가 없었다.

민가는 철저하게
부서졌고 그 흔한
편의점이나 슈퍼마켓은
찾아볼 수 없었다.

논밭은 메말라
풀 한 포기조차
찾을 수 없었다.

하는 수 없이
이곳을 떠나려
했지만…

저 높은 절벽을
오를 만한 곳은
어디에도 보이지 않았다.

우리는 완전히
고립된 것이었다.

그렇게
며칠이 지났다.

아저씨는 이제 신음조차
내지 못할 정도로
쇠약해졌고…

아주머니는
벌레에 물린 곳이
잘못되었는지

다리가 엄청나게
부어올라 움직일 수
없었다.

여자아이는
이 곳에 온 날부터
한 마디도 하지 않았다.

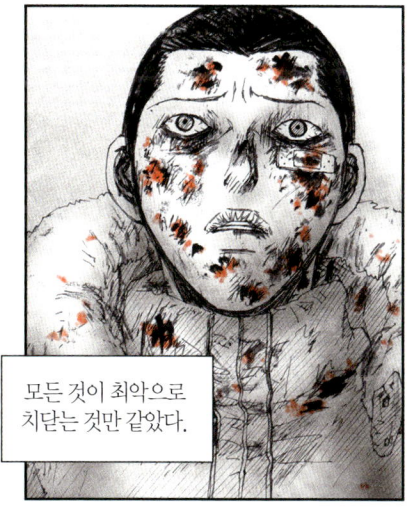

모든 것이 최악으로
치닫는 것만 같았다.

그렇게
우린 아무것도
얻지 못한 채

보름이
흘러갔다.

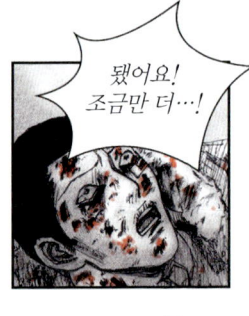

됐어요!
조금만 더…!

으악!

쿠아앙

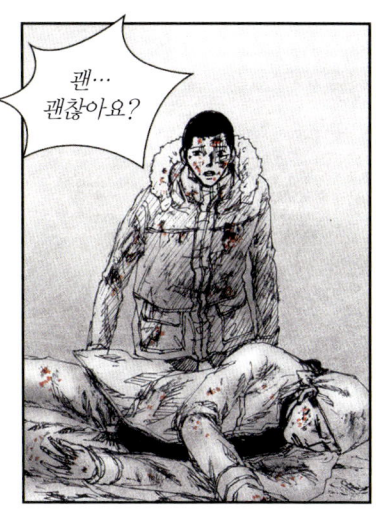

괜···
괜찮아요?

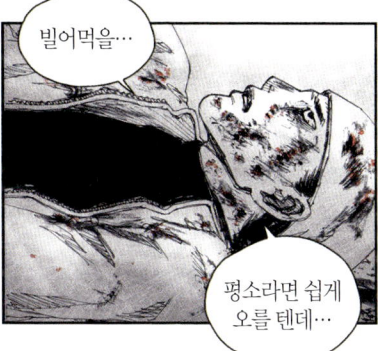

빌어먹을···

평소라면 쉽게
오를 텐데···

먹은 것이
없어서 기운이
나질 않아요···

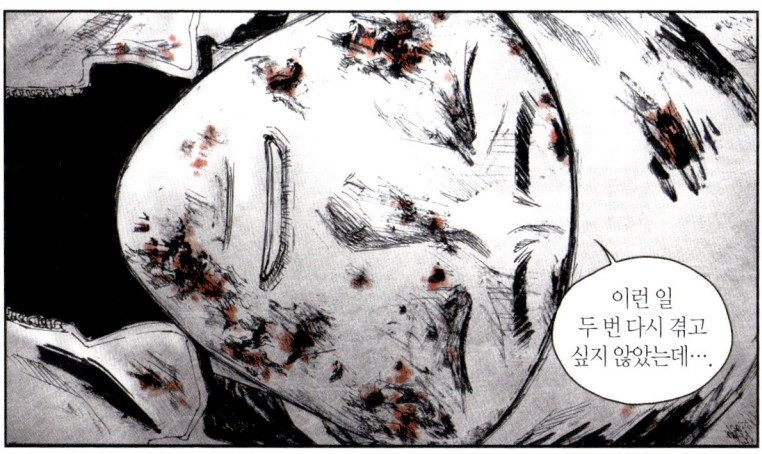

이런 일
두 번 다시 겪고
싶지 않았는데···

223

이런 일…
이요?

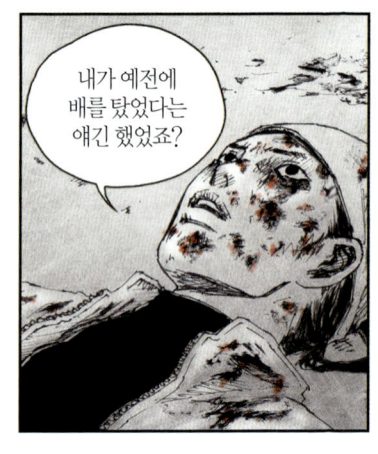

내가 예전에
배를 탔었다는
얘긴 했었죠?

옛날에 배가
암초에 걸려
엔진이 완전 작살이
났었어요.

그래서
태평양 한가운데
완전히 갇혀
있었는데…

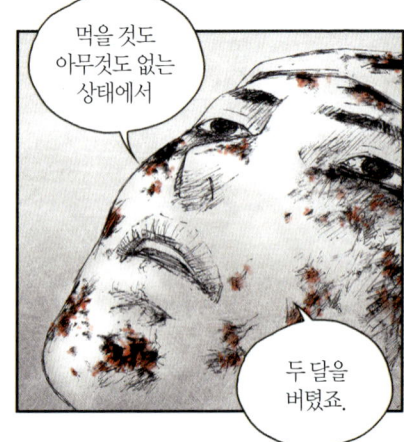

먹을 것도
아무것도 없는
상태에서

두 달을
버텼죠.

그날을 계기로
배에서 내렸는데
또 이런 일을…

자…
잠깐만요!

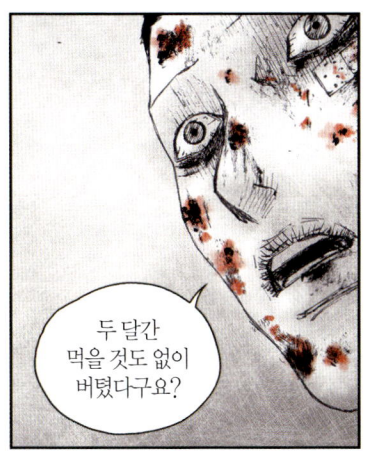

두 달간
먹을 것도 없이
버텼다구요?

도대체
어떻게…

…

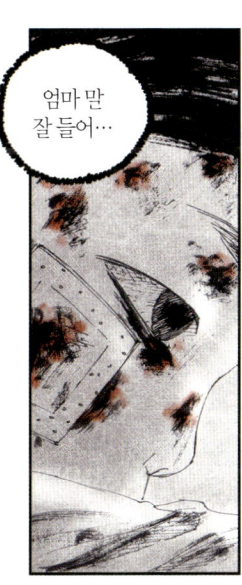

엄마 말
잘 들어…

엄마 말
잘 들어.

앞으로
살아가려면
남이 어떻게 되든
절대 신경 쓰지
말아야 돼.

알았지?

네…

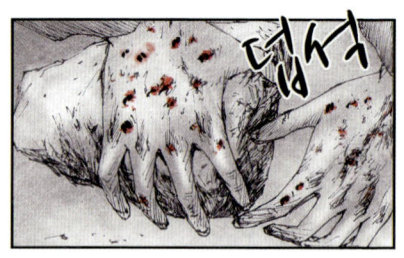

덥석

저벅

애…
너 지금
뭐 하는 거니?

선원에게는
'선원의 룰'
이라는 게
있습니다.

조난이나
긴급상황이
발생 시에는…

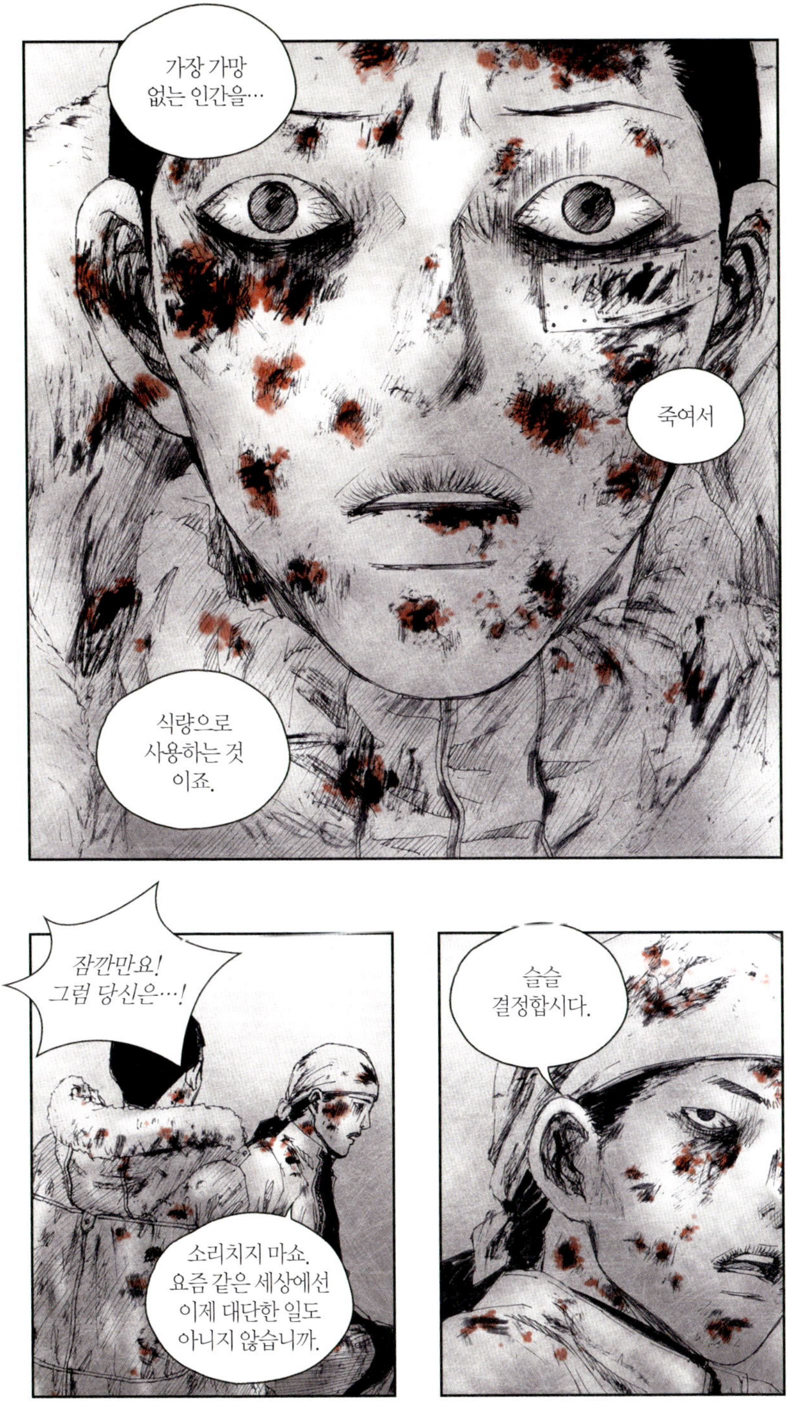

가장 가망
없는 인간을…

죽여서

식량으로
사용하는 것
이죠.

잠깐만요!
그럼 당신은…!

슬슬
결정합시다.

소리치지 마쇼.
요즘 같은 세상에선
이제 대단한 일도
아니지 않습니까.

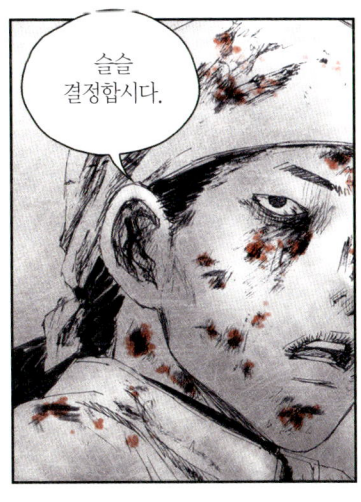

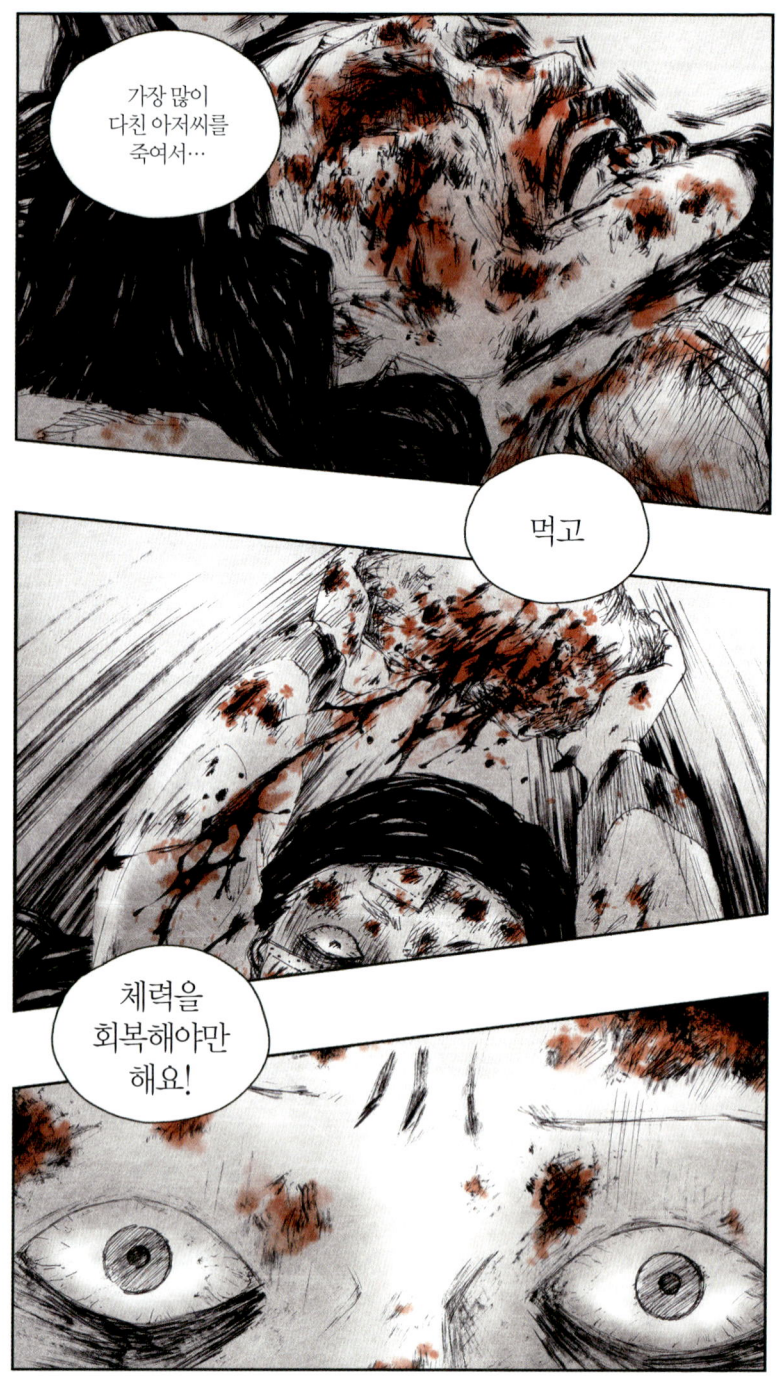

228

제10화

인육

결정합시다.

가장 많이 다친
아저씨를
희생시키죠.

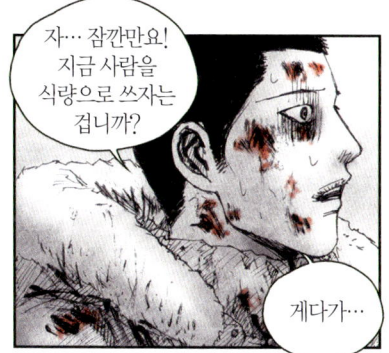

자… 잠깐만요!
지금 사람을
식량으로 쓰자는
겁니까?

게다가…

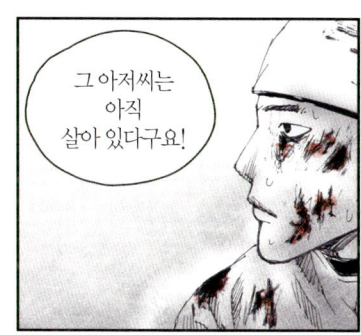

그 아저씨는
아직
살아 있다구요!

……

그래요. 방금
이야기는 없던
걸로 하죠.

네?

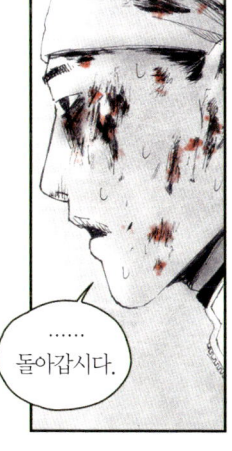

……
돌아갑시다.

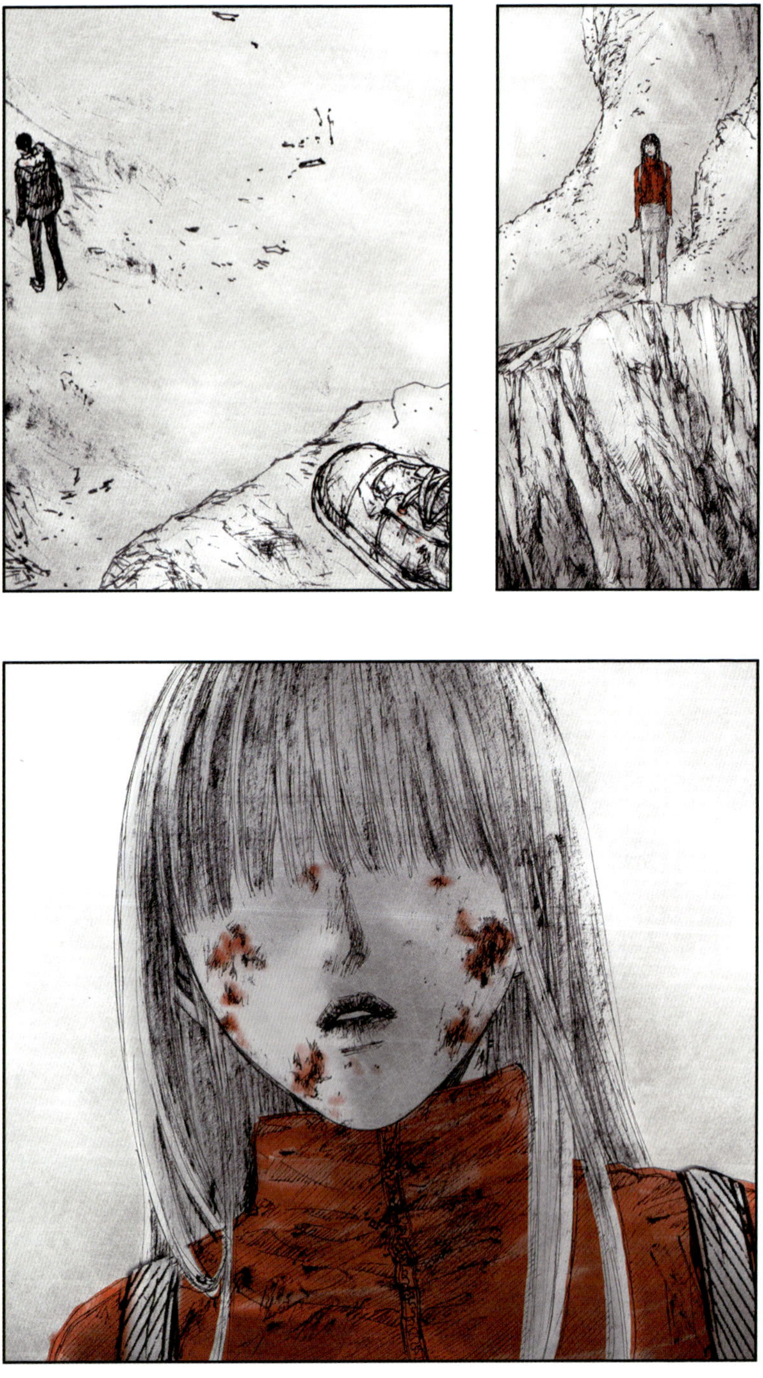

뭐하는 거야!
이 미친년!

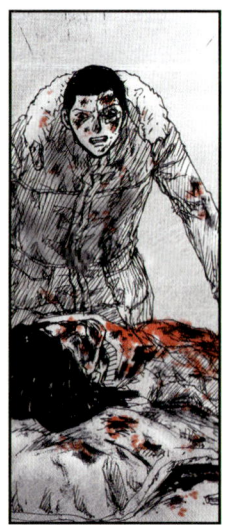

이 사람…
죽었어요.

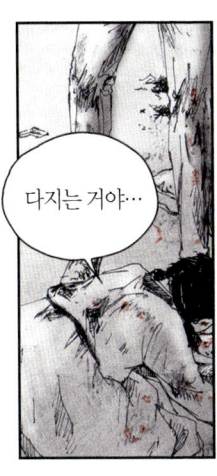

다지는 거야…

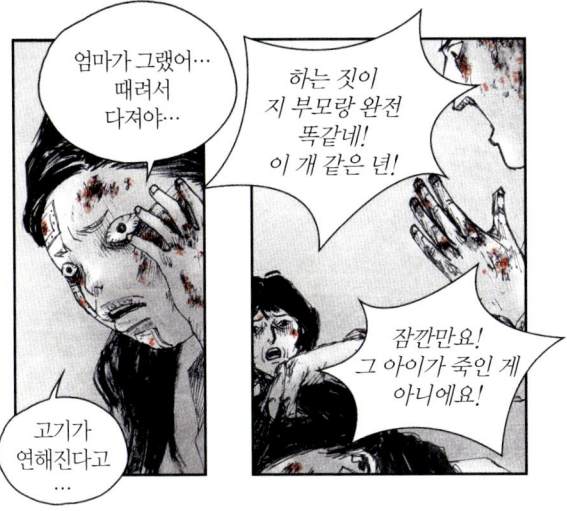

엄마가 그랬어…
때려서
다져야…

고기가
연해진다고
…

하는 짓이
지 부모랑 완전
똑같네!
이 개 같은 년!

잠깐만요!
그 아이가 죽인 게
아니에요!

그 사람…
이미 죽었었어요!

죽었다고 하니까
걔가 느닷없이…

타닥

타닥

... 결정합시다.

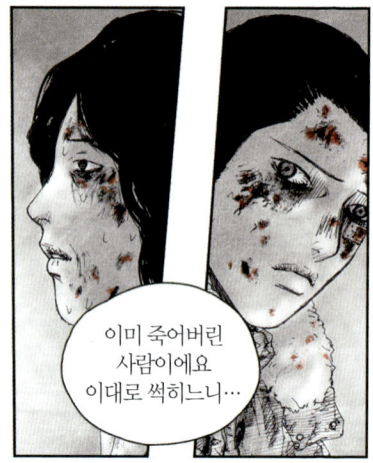

이미 죽어버린 사람이에요 이대로 썩히느니…

전 반대입니다.

아저씨 누군 좋아서 그러는 줄 아세요? 지금 상황이…

단순히 죄의식 때문만은 아닙니다.

살기 위해
서로 해치고…

짐승과
다를 게 뭘까요…
살기만을 위해
발버둥친다면…

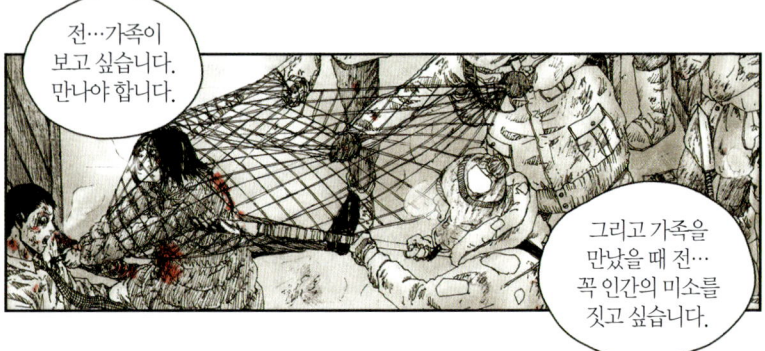

전…가족이
보고 싶습니다.
만나야 합니다.

그리고 가족을
만났을 때 전…
꼭 인간의 미소를
짓고 싶습니다.

전 지금…

그걸 잃을까봐
두렵습니다.

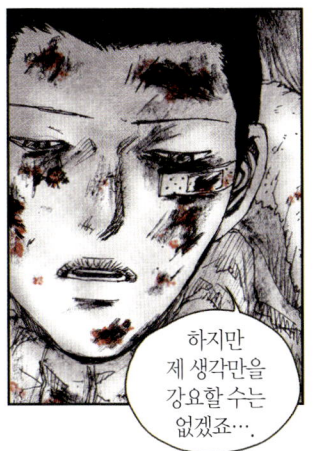

하지만
제 생각만을
강요할 수는
없겠죠….

나머지는…

여러분들의
결정에
따르겠습니다.

정말
감사합니다.
제 뜻을…

생각났거든요…
그때 구조선이
오지 않았다면…

군이
아저씨 때문이
아니에요.

다음에는
제가 먹혔을
테니까요.

고마워요. 총각…

아닙니다.

덕분에 저는 죄를 짓지 않게 되었습니다.

정말 고마워요. 총각 흐흐흑…

저야말로 여러분한테 감사해요.

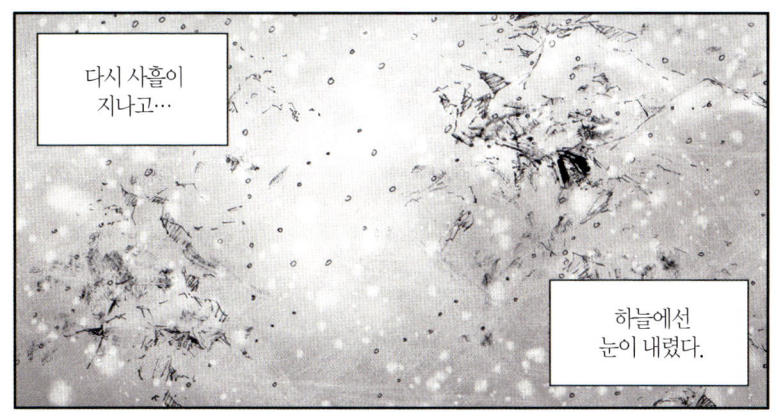

다시 사흘이
지나고…

하늘에선
눈이 내렸다.

추위와 굶주림에 지친
우리는 더는 움직일 수
없었지만…

그 누구도 서로를
희생시키려
하지 않았다.

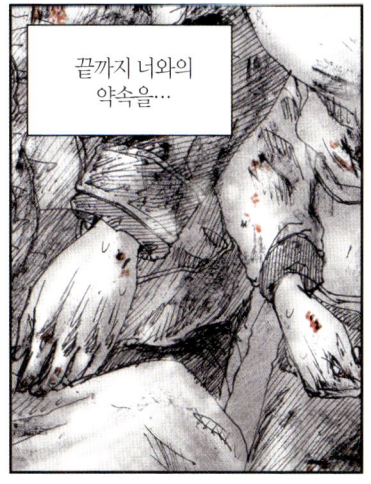

끝까지 너와의
약속을…

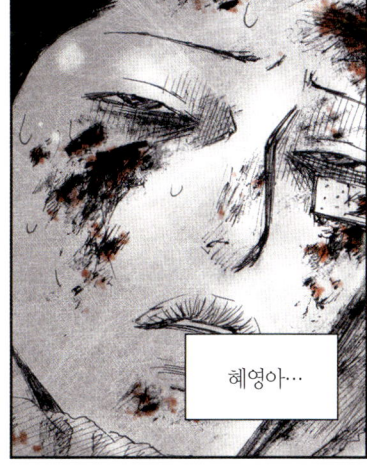

혜영아…

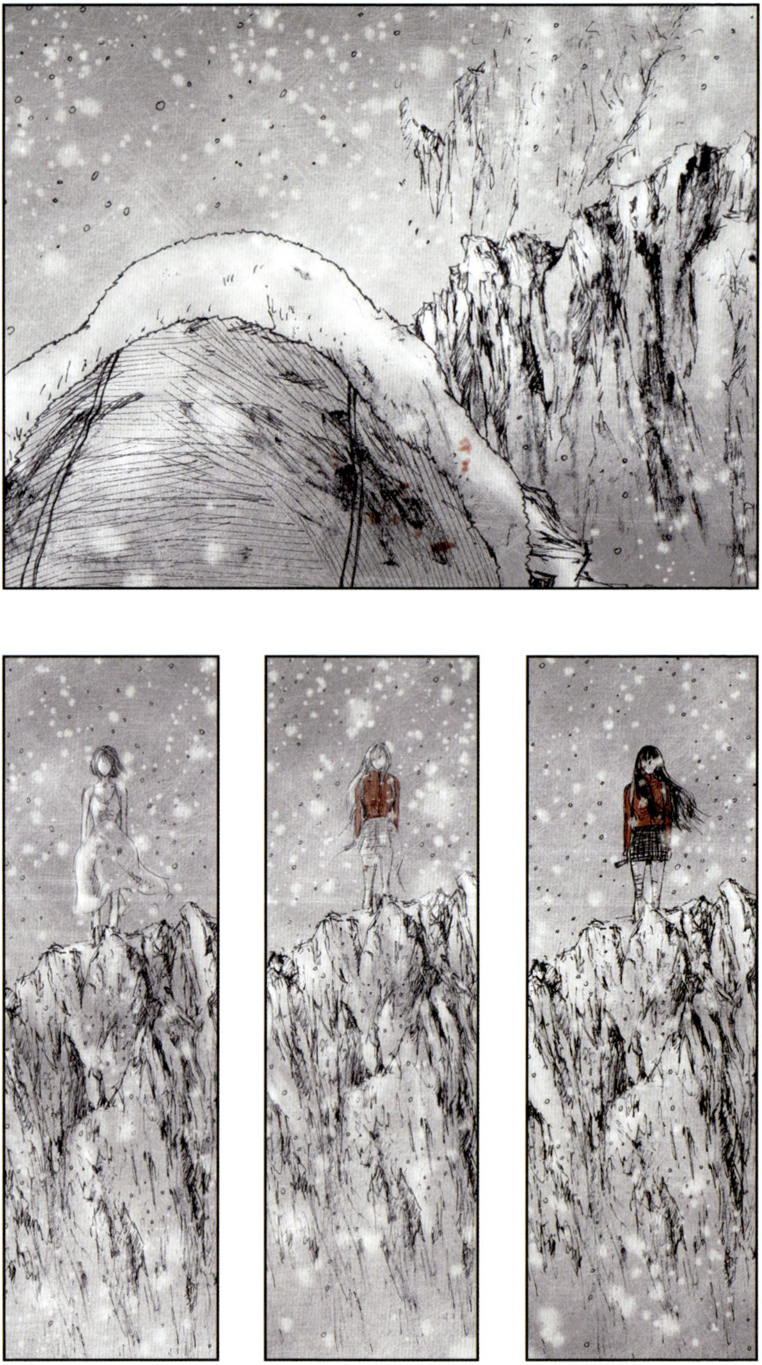

뭐지?

절벽 위에
사람이…?

기다려!

틀렸어…
몸에 힘이
안 들어가…

우걱

우걱

무…슨…
소리지?

우걱

우걱

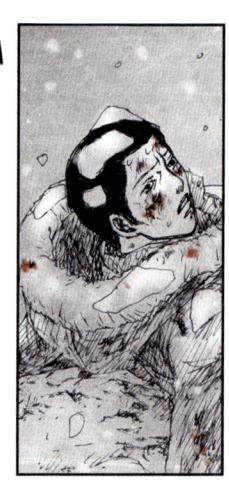

우걱

우걱

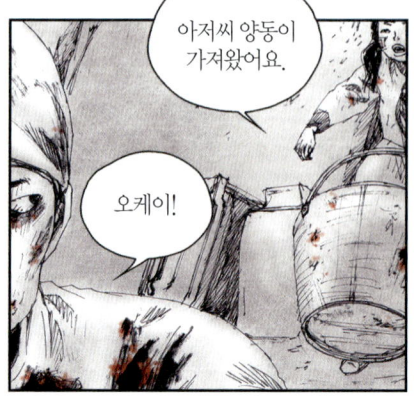

아저씨 양동이
가져왔어요.

오케이!

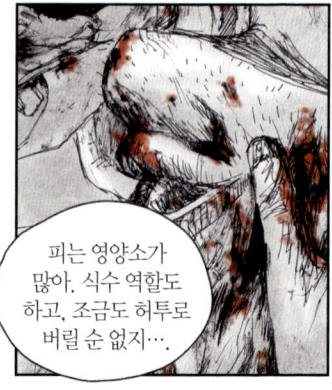

피는 영양소가
많아. 식수 역할도
하고, 조금도 허투로
버릴 순 없지….

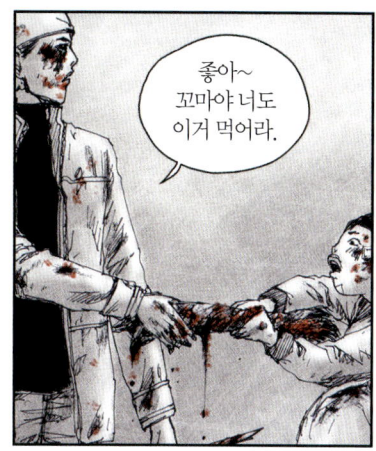

좋아～
꼬마야 너도
이거 먹어라.

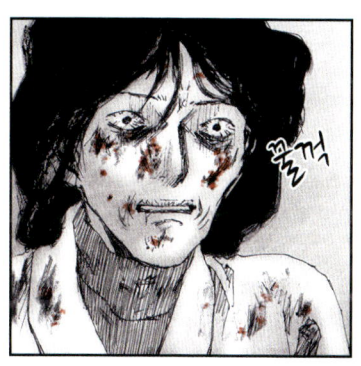

꿀꺽

저…
총각…

나도 좀…

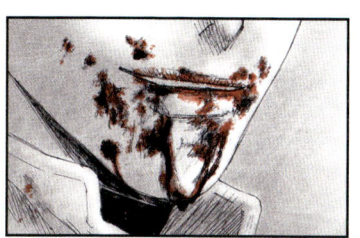

할짝

할짝

우격

우격

우격

심 연 의 하 늘

제11화

밧줄

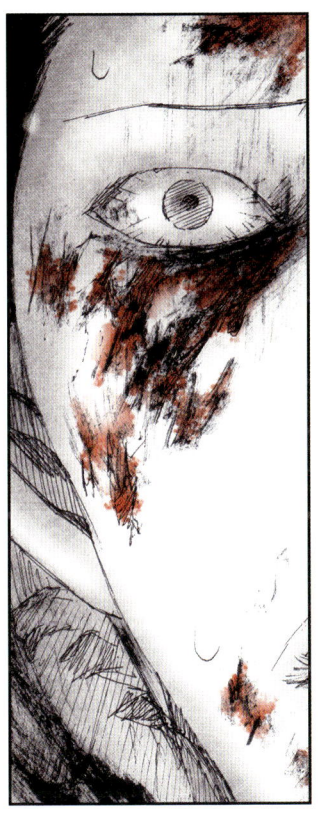
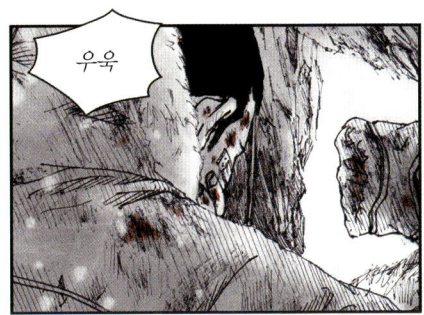

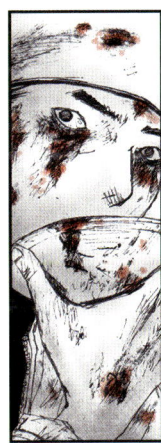

왜 그래요?

뭔가 있었던 것 같은데….

우웨웩

우웨웨웩

……

으아아!

으아아!

쿵 쿵

으아아아!

쿵

쿵

쿵

여···
아저씨.

괜찮아?

기운이
완전 없어
보이는데···.

그러는
당신은···

기운이 넘쳐
보이는군요.

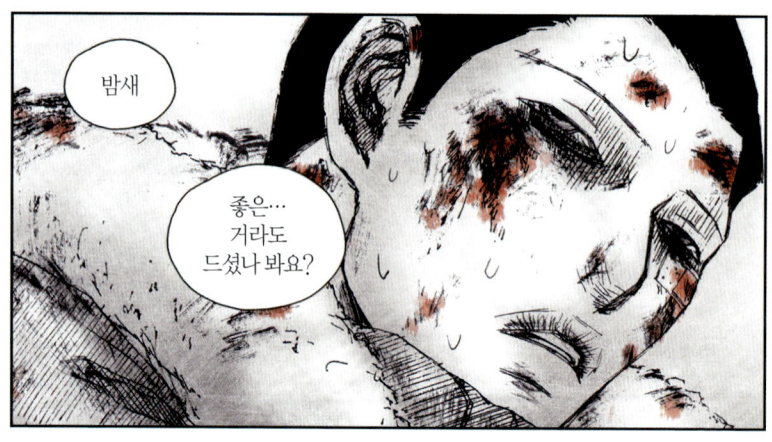

밤새

좋은...
거라도
드셨나 봐요?

하아!

헉!

됐다!

드디어
올라왔어!

크하하하!
봤어요?
올라왔다고!

헉…
정말 해냈어!

기다려 봐!

어디 밧줄
같은 게…

가만…
내가 저 사람들을
왜 올려줘야
하지?

이대로 혼자
지내는 게
더…

우리도
올려줘요!

빨리
올려줘요!

이봐요!

아…

올라오슈.

아, 고마워요! 고마워요!

비켜! 내가 먼저야!

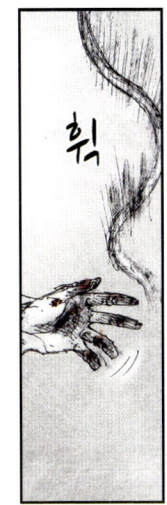

획

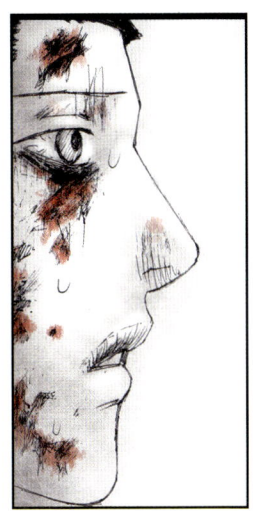

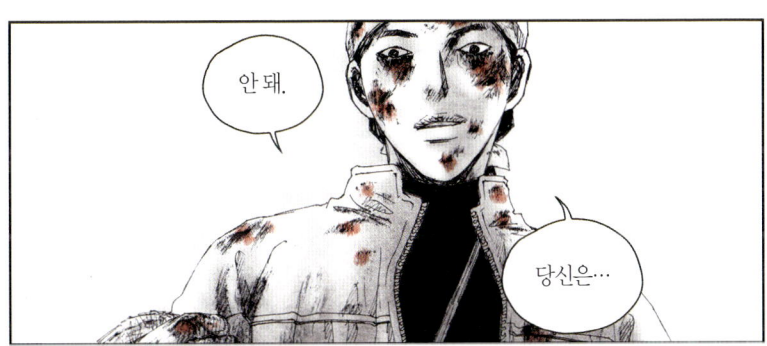

안 돼.

당신은…

아저씨…

봤지?

우리가 죽은 놈
먹은 거…

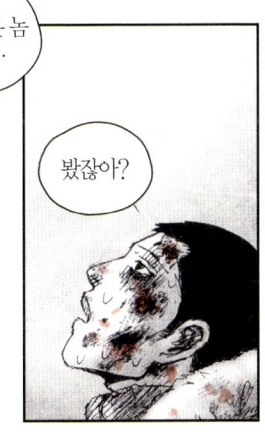

봤잖아?

사실은 같이 먹고 싶었지?

하지만 자기가 한 말이 있으니 가오가 안 설 것이고…

역겨운 새끼!

한 번 더 기회를 줄게.

툭

먹어.

한 입만 먹어도
줄 내려준다.

왜?
또 알량한 자존심에
스크래치 나나?

그럼
여기서 굶어
뒈지시던가!

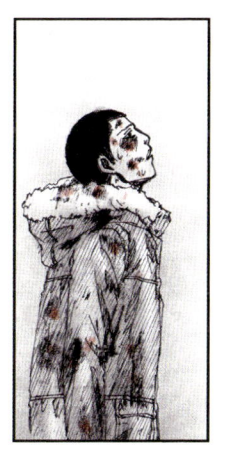

그냥 가세요.

저는 여기 남겠습니다.

모두가 무사히…

살아서 가족들을 만나길 기원할게요.

촥

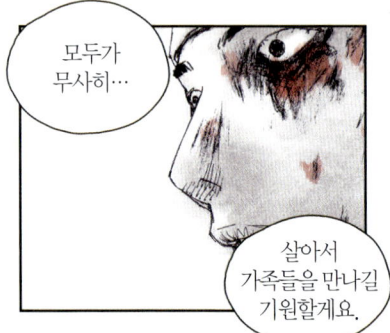

참 나!
장난 좀 친 것
가지고 드럽게
진지 빠네…

됐으니까
올라와요.

뭐 해요?
빨리 올라
오라니까!

장난이었다고
하하.

이봐요.
아무리
그래도…

저거 보슈
형씨.

아저씨는
좀 배운 사람
같으니까…

혹시
저게 뭔지
알아요?

심
연
의

하

늘

深淵

제12화

쉘터

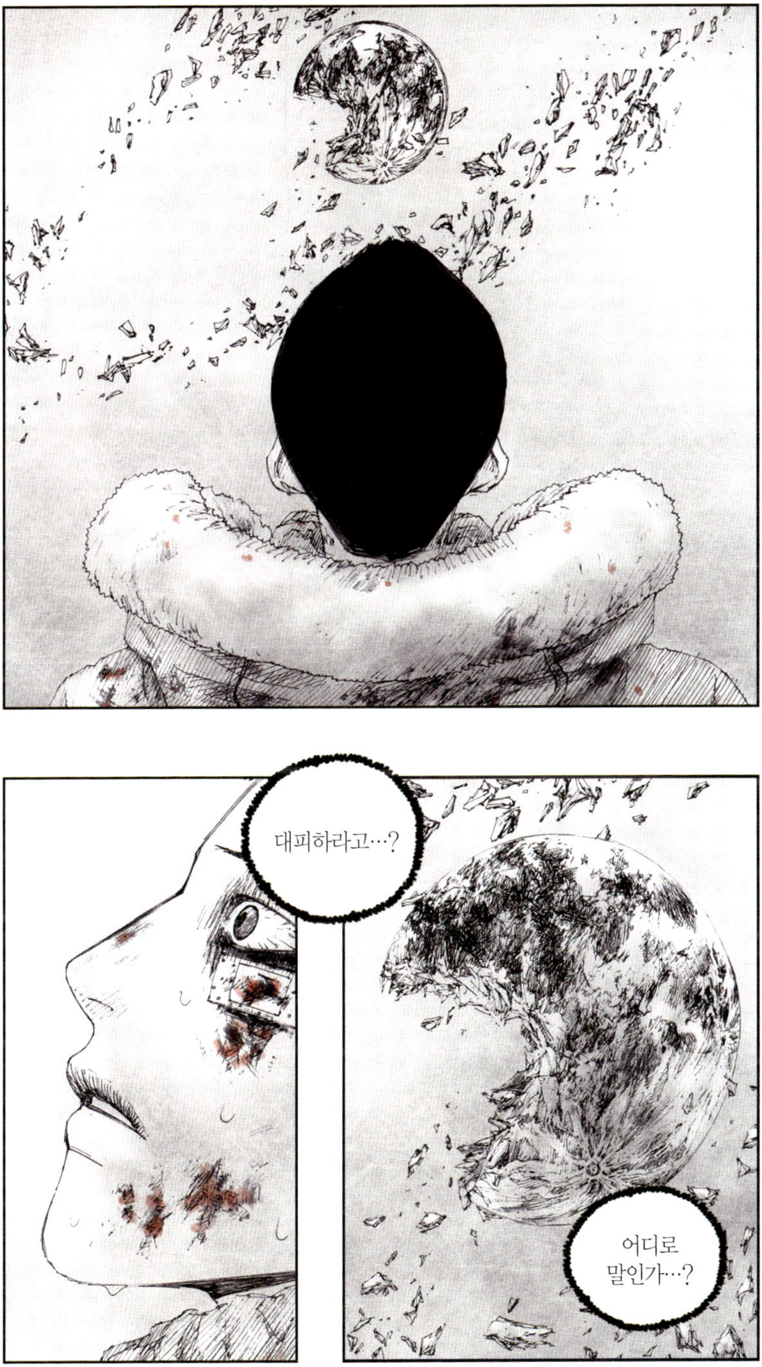
대피하라고…?
어디로
말인가…?

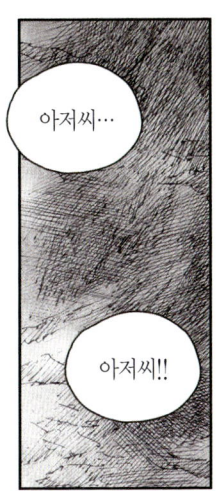

아저씨…

아저씨!!

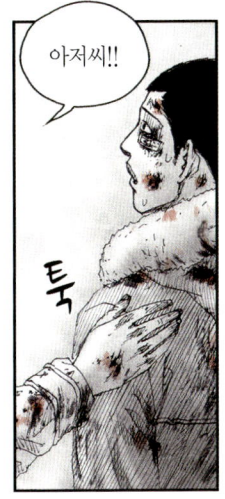

아저씨!!

툭

뭐 하는 거예요?
왜 아까부터
하늘만 쳐다봐?

네? 방금
못 봤어요?
달이…

아~ 먼 산
보지 말고 저거
좀 보라구요!

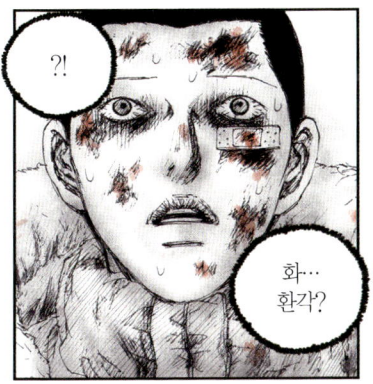

?!

화…
환각?

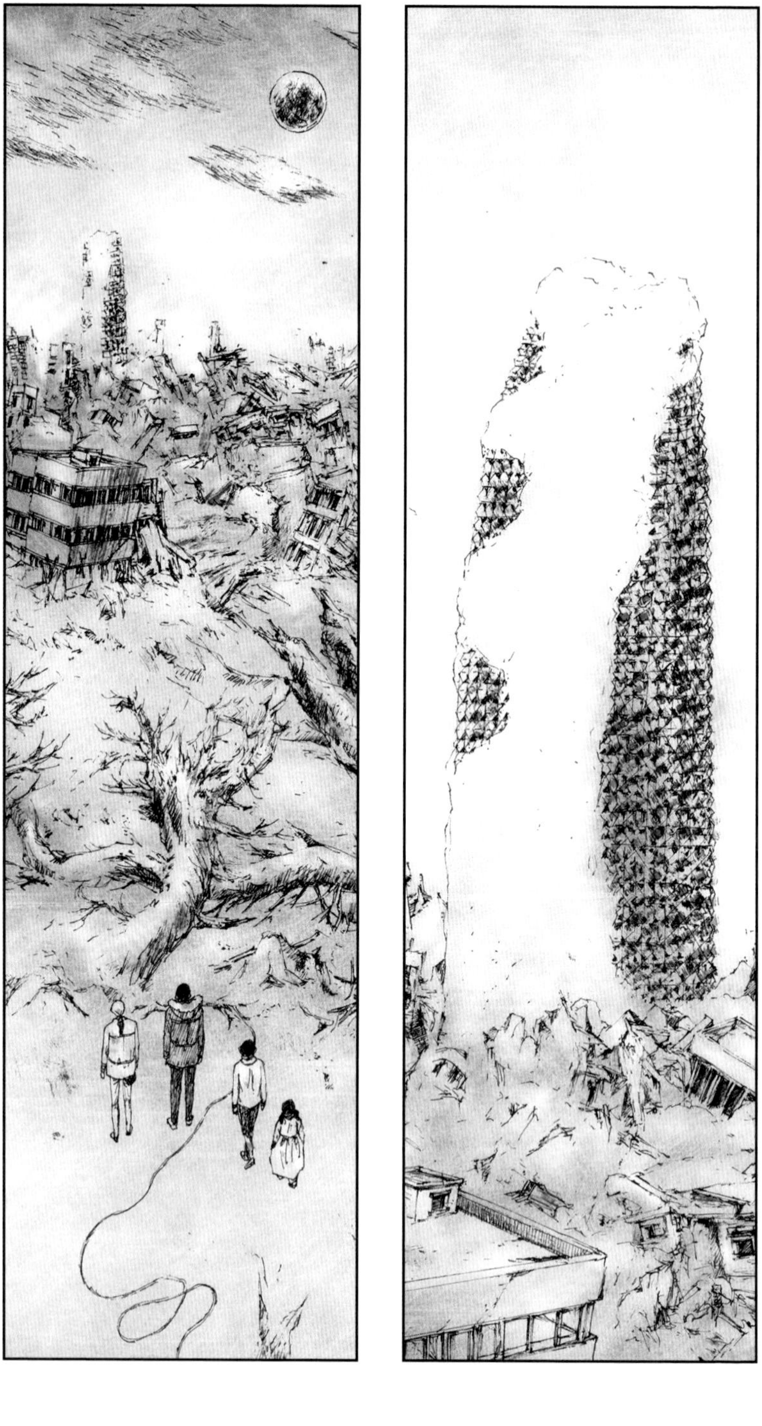

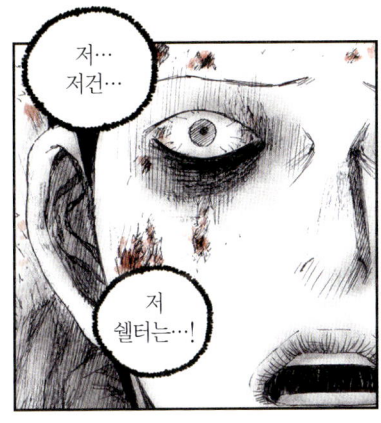

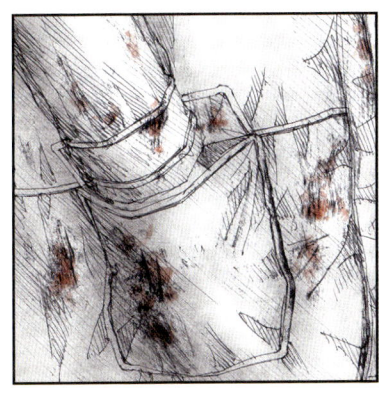

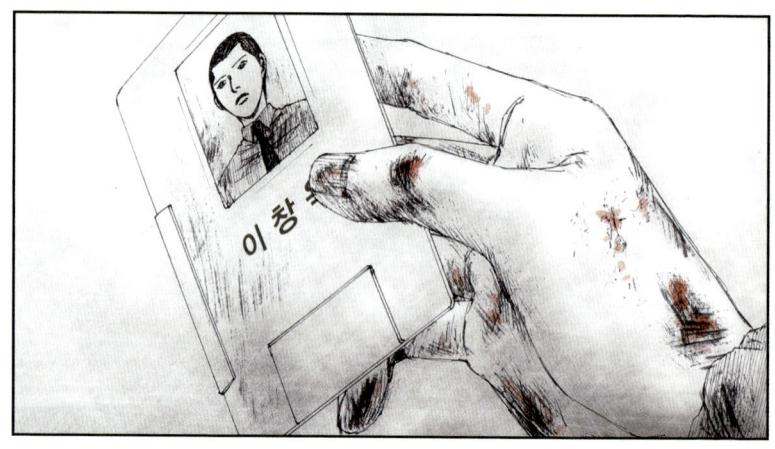

이 창

삐빅

지이잉

뭐…뭐야?
밖에 나온 거야?

아니에요.

잘 보세요.

그냥
그림일 뿐입니다.

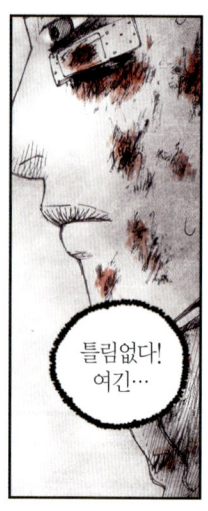

틀림없다! 여긴…

지하 2층은 숙직실… 3층에 샤워실도 있지만 물이 나올 지는 모르겠군요.

적당히 쉬고 계세요. 저는…

뭐야? 아저씨 어디 가는데요?

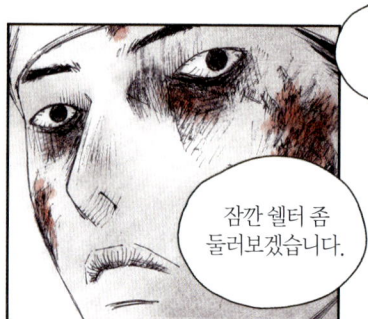

같이 갑시다.

잠깐 쉘터 좀 둘러보겠습니다.

네?

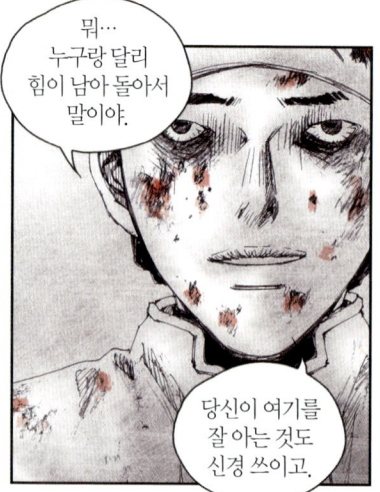

뭐… 누구랑 달리 힘이 남아 돌아서 말이야.

당신이 여기를 잘 아는 것도 신경 쓰이고.

……

번지르르한 건
위층뿐이었구만!

그 쪽은
휴게공간입니다.

앞으로
맑은 하늘을 볼 수
없을지도 모른다는
마음에 칠한 거죠.

아까부터 존나
아는 척하는데
역시 여기
관계자슈?

아니요.
옛날에 일했던 곳과
거의 비슷해요.

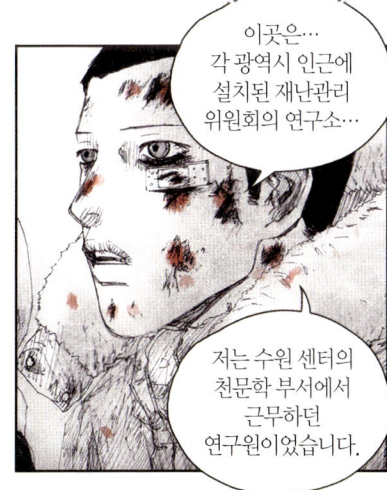

이곳은…
각 광역시 인근에
설치된 재난관리
위원회의 연구소…

저는 수원 센터의
천문학 부서에서
근무하던
연구원이었습니다.

잠깐! 당신 정부 쪽 사람이었어?

그럼 아는 거야? 재난이 왜 일어 났는지…?

……재 …재난이 일어나기

12년 전…

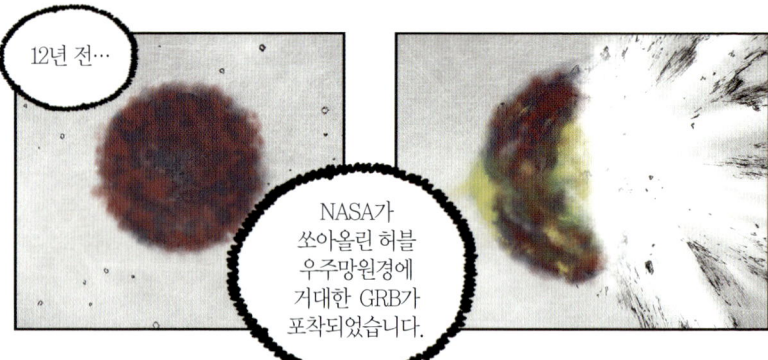

NASA가 쏘아올린 허블 우주망원경에 거대한 GRB가 포착되었습니다.

GRB란 초신성이 폭파될 때 태양의 100억 배 이상 가는 에너지를 지닌 복사선과 방사능을 내뿜는데…

우리 말로는 '감마선 폭발'이라고 합니다.

NASA는 즉시 감마선 궤도를 측정하게 되었고 …

머지않아 감마선이 지구를 관통할 것이라는 충격적인 결과를 발표했습니다.

감마선이 지구에 직격할 경우 절반에 이르는 오존층이 파괴되고 …

지구의 생명체들은 치명적인 방사선에 그대로 노출돼 사망 혹은 돌연변이화가 됩니다.

또 대기의 질소와 산소가 분리돼 대량의 스모그를 발생, 이후 태양빛은 완전히 차단되고…

이후 오존층이 복구될 때까지 수만 년의 극빙하 시대가 열릴 것입니다.

273

NASA는 각국 수뇌부들에게 위와 같은 1급 재난에 대비할 것을 촉구하였고…

한국 정부는 중국과 함께 세계적인 생명공학자 강의철 박사를 주축으로

유전자 조작을 통해 극한의 상황에서도 살아남을 수 있는 인류를 만드는…

이른바 「프로젝트 하늘」 이라는 실험을 행했습니다.

하지만… 그 프로젝트는 결국 실패한 것 같았어요.

뭐야… SF영화야? 말이 돼?

왜냐하면 가장 큰 오류 중의 하나가

NASA는 지구에 감마선이 관통될 때까지의 시기를…

약 80년 후라고 예측했습니다.

274

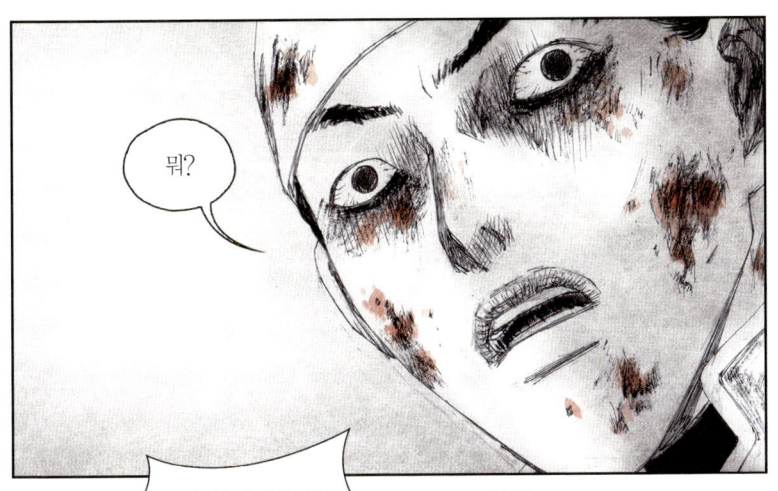

뭐?

아니! 계산을 좀 잘못했다고 해도 그렇지 80년이나 틀려? 그것들 병신 아냐?

80년 후? 80년 후라고??

아뇨 그게 아니라…

결국 재난은 다른 요인으로 인해 벌어진 것 같습니다.

재난 유형도 감마선 폭발과는 다소 차이를 보이고 있으니까요…

현재의 피해 상황으로 보아 한국… 아니 전세계가 이렇게 된…

또 하나의
가설은….

Staff	
기획	김준구 (NAVER WEBTOON)
	윤지영 (YI AB)
제작총괄	윤지영, 심준경
콘티	채용택
에디터	성미나, 장보람 (YLAB)
	박종건 (NAVER WEBTOON)
단행본 편집 디자인	신형욱, 정윤하
채색 · 효과	정윤하, 우춘화
도움	박지우
중국어 검수	김소연
제작	YLAB

심연의 하늘 6

초판 1쇄 인쇄 2017년 5월 23일 **초판 1쇄 발행** 2017년 5월 30일

글 윤인완 **그림** 김선희

펴낸이 연준혁
편집인 정보배
편집 엄정원, 지연, 김재은, 이지예
디자인 이세호

펴낸곳 (주)위즈덤하우스 미디어그룹 **출판등록** 2000년 5월 23일 제13-1071호
주소 경기도 고양시 일산동구 정발산로 43-20 센트럴프라자 6층
전화 031)936-4000 **팩스** 031)903-3893 **홈페이지** www.wisdomhouse.co.kr

ⓒ 와이랩, 2017

값 11,000원 ISBN 978-89-6086-370-5 17810
　　　　　　　978-89-6086-701-7(세트)

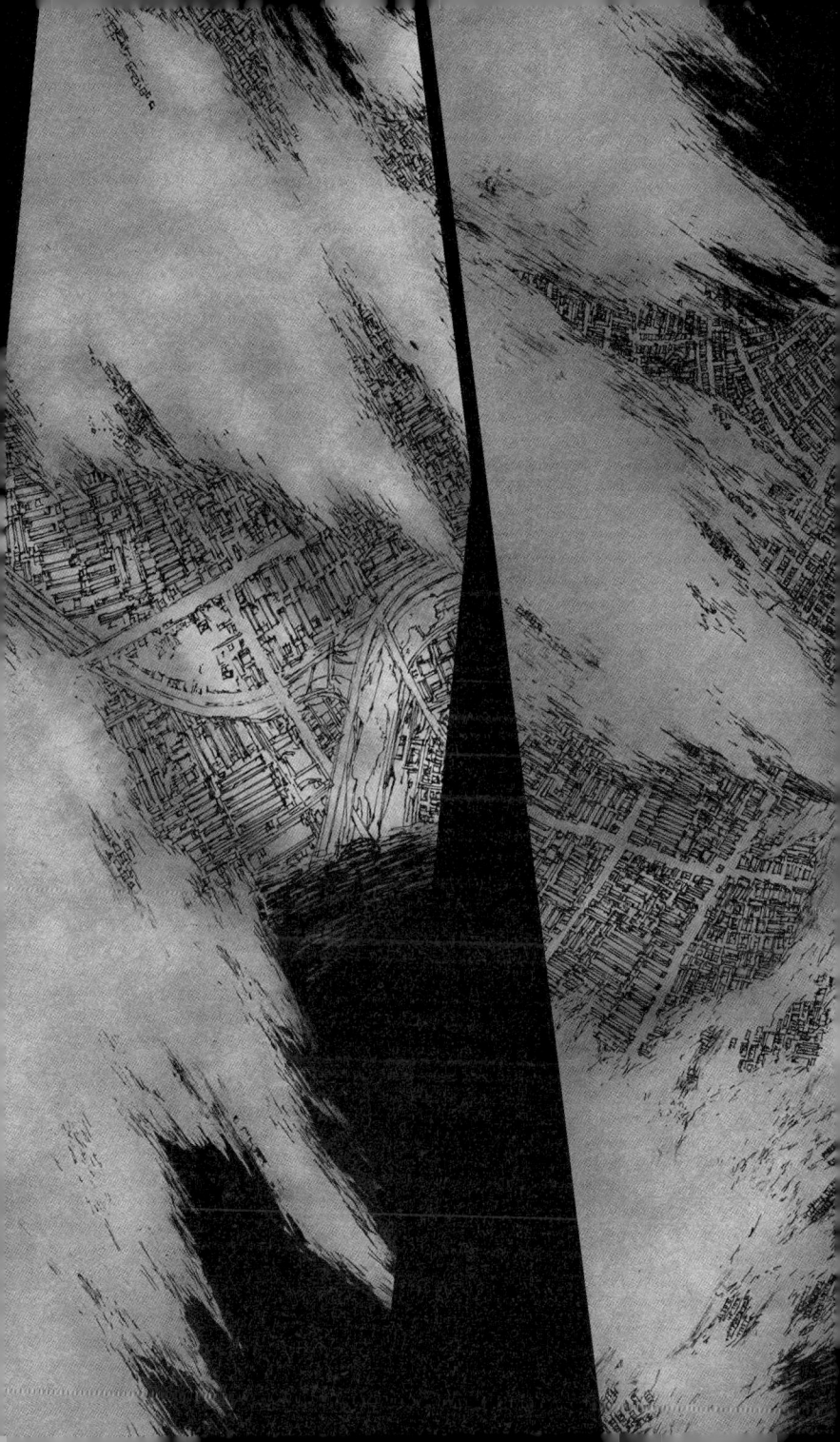

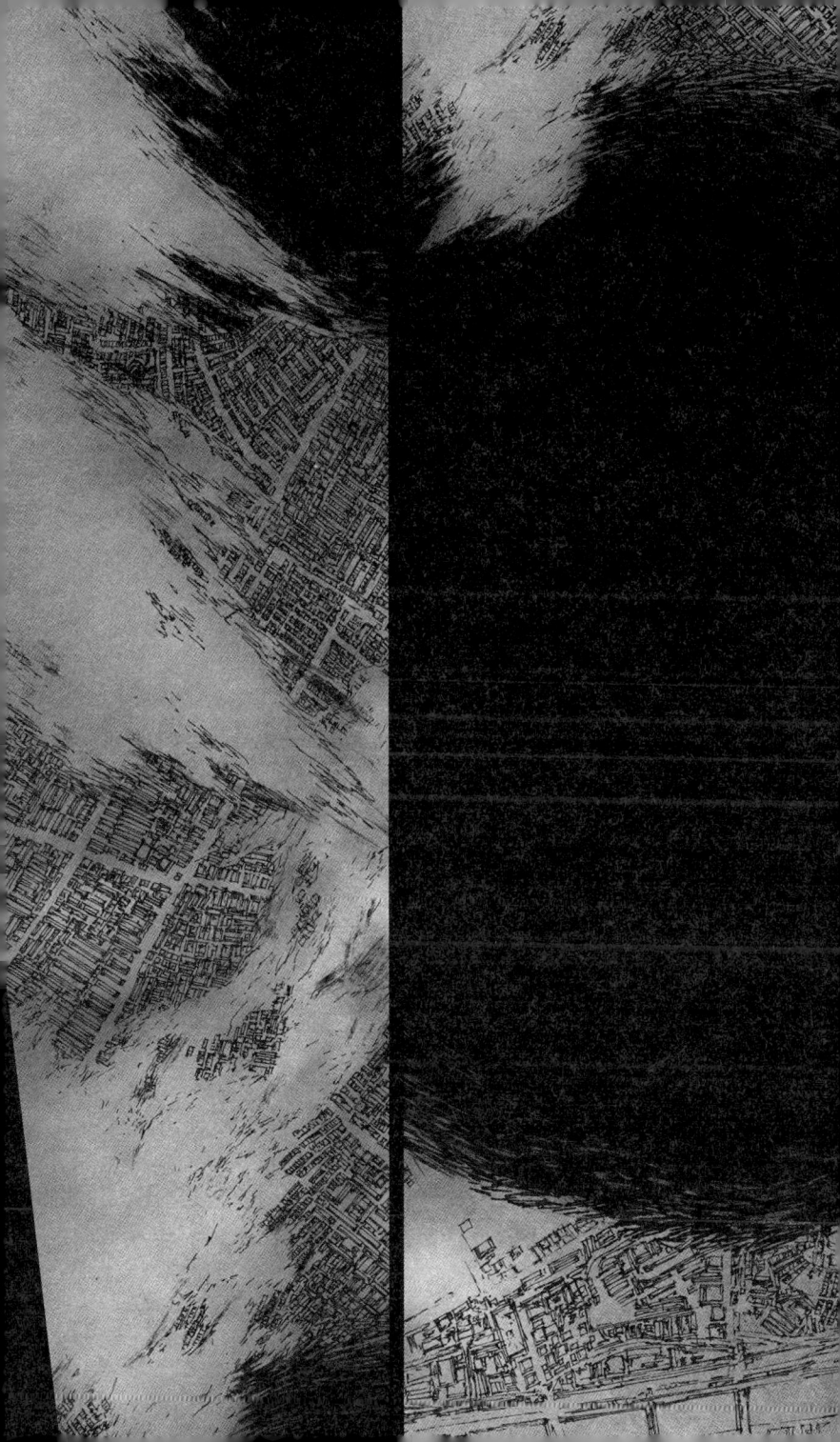